诗词江湖
品快意人生

青春诗经

出自国风的别样花事

成向阳 著

山西出版传媒集团　山西教育出版社

图书在版编目(CIP)数据

青春诗经:出自国风的别样花事/成向阳著.—太原:山西教育出版社,2015.11
(诗词江湖)
ISBN 978-7-5440-7867-2

Ⅰ.①青… Ⅱ.①成… Ⅲ.①古体诗-诗集-中国-春秋时代②《诗经》-通俗读物 Ⅳ.①I222.2

中国版本图书馆CIP数据核字(2015)第200956号

青春诗经:出自国风的别样花事

出 版 人 雷俊林
策　　划 刘晓露
责任编辑 崔 璨
复　　审 刘晓露
终　　审 郭志强
装帧设计 薛 菲
印装监制 贾永胜

出版发行 山西出版传媒集团·山西教育出版社
(太原市水西门街馒头巷7号 电话:0351-4035711 4729801 邮编:030002)
印　　装 山西臣功印刷包装有限公司
开　　本 850×1168 1/32
印　　张 8.25
字　　数 158千字
版　　次 2015年11月第1版 2015年11月山西第1次印刷
印　　数 1-3 000册
书　　号 ISBN 978-7-5440-7867-2
定　　价 25.00元

目　录

序：呼唤《诗经》里的青春闪电

成向阳

《诗经》是中国古典生命凝结而成的诗意化石群落，有时候，我觉得它们就像隐藏于深山秘穴中奇异多姿的钟乳石林，以各自凝固的倒悬之姿记录着上古时代隐秘的诸般场景。透过《诗三百》，深入生命的肌理，我们能感知一个遥远而纯真年代里怦然的心跳以及血液流淌的回声。回到那个四处绽放着真纯之美的年代，仰观星日霜露之变，俯察昆虫草木之化，于未被污染的人性深处，可以谛听先民的心灵呐喊，感受他们对生命的虔诚与敬畏，对生活的希冀与渴慕，这对我们三千年后的人类来说，是一次难得而有效的灵魂教育。

在我们这个被网络和高铁带着飞起来的快时代，几乎每个人的生活都像一股被物质裹挟着的高压电流，既慢不下来，也静不下来，喧哗骚动着匆匆疾行，却总在时间空无一物的尽头感叹时间都去哪了。

但诗是时代生活的减速器，也是个人心灵的按摩器，当我们真诚地开始初读或者重读《诗经》，时光便像被诗行里伸出的一只手神奇地挽住一样，悄悄就慢了下来，即使最黯淡的日子也显得风和日丽，即使再轻飘、再枯燥的生命便也日益厚重与滋润起来。一些远古时代自然、干净、简洁、淳朴的情感开始进入你的心灵，并对你潜移默化地开始重新塑造。就这样，让灵魂沉浸在诗行里，假以时日，当你某一天早晨起床，会忽然从镜子里发现自己轻盈了许多。一种你说不出来的年轻的东西已经长在了你的内心深处，并随着你血液的奔流而从每一个毛孔呼之欲出。

是的，当你将生活镶进诗意的框子，你就好像重新返回青春。就像《诗经》里那些热烈而美好的青春男女一样，奔跑在属于他们的河边，采芍赠兰，迎接着密集日子里沉甸甸的幸福。

这一切，都是因为《诗经》本身充满青春的勃勃生气。尤其是《诗经》里的一百六十篇风诗，多数荡漾着青春的光热。那些青春的心灵在诗歌里雷鸣电闪，呼风唤雨，让生命充满了洋洋喜气。而我在这本小书里所做的，就是通过个人性的重读与写作，呼唤《诗经》里的青春闪电，以图照亮我们时代里略显黯淡与失意的灵魂。

不得不说，我们这个时代里的青春，与我们祖辈、父辈们当年的激情澎湃相比已经判若霄壤。信仰的缺乏与理想的消解，让青春在这个时代整体性地丧失光荣与梦想。整整一代人，尚未长大心便老了。失范的青春迷惘在时代转型的快车道上，不知前途何在，生命何为？

尤其是在这个时候，青春需要温热的诗歌来治愈。而时代也需要给古老而美好的诗篇编制一个青春气质的花环。

我始终坚信，诗歌才是唯一既可温暖人心又永远不会衰亡的东西。因为一切真正的诗歌总是那样既柔弱又顽强地超越着时代。也就是说，诗歌作为人类最柔软、最纯净、最高贵的精神存在，是绝对不会腐朽与过期的，它与所有的青春同在，而不是短暂地在某一个时代里闪烁。它总能超越时代具体而微的背景、史事、思潮以及当初使其得以被创造出来的具体场景，而在后来的任一时代融于其更加具体而完全迥异的背景、史事与思潮之中，并显示它崭新的意义。比如《诗经》便是这样一部可以永远超越时代的诗歌巨著。而我的努力方向，就是把产生于中国上古时代的诗歌经典放进当下这个消费主义文化掌控的“小时代”里，借青春的名义进行重读，并借对诗的重读，思考我们无以安放的青春在当下何为，以及青春如何摆脱习惯性的颓废与感伤而在热烈的创造中接近快乐与幸福。

当然，我并不是要炮制一碗以诗为主料的青春鸡汤，唯望能够呈现浓郁的青春诗意以及尽可能多的正能量，但也并不回避各种现实性的青春迷惘。

而一切对“诗”有效的言说，又必须放置在当下切实的文化存在之中才可以实现“诗意的在场”。故我任性，在坚持从古文字学、名物学以及诗学角度进行较为严密的考证基础上，大胆放弃了某些在我看来早已失去当代意义的“原义”，而将笔墨重点放在了根植于当下的青春想象。

当然，对我这样无论是感受能力还是写作能力都很平庸的青年来说，对《诗经》的一切言说似乎都会显得轻薄孟浪，甚至可能会被视作对皇皇经典的又一次唐突，乃至意淫。但我依然任性地去尝试这一工作。我把它视作一次宝贵的人生机会，一颗青春之心面向伟大诗歌的接近，一个普通的青年用阅读和感悟对中国经典的一次遥远致敬。

我想，《诗经》已经过于伟大与完美，而我的写作即便不能为这伟大的经典再添一缕荣光，但也绝不会有损它耀眼的光芒。

此书命名为“青春诗经”，多是出于书系命名的整体形式需要，而事实上本书是从青春的视角去重读“风诗”名篇，并展开并不十分绚丽的想象之翼，在诗篇中进行了一次个人性的精神漫游。所以，这本小书只是写出了一个青年读诗者因“风诗”而生出的万般内心冲动，而并不敢对任何权威性作出额外的保证。

从开始发愿书写，至今两年多的时光已匆匆流过。这本小书里的大多数篇章写自乡村冬天里一个没有暖气的房间。寒冷总是使我清醒，使我更能感知《诗经》灼热的温度。以致写每一个字，心里都像藏着一个力大无穷的李元霸，将四百斤大铁锤舞得如风车一般。

此刻，当我抬起头来，窗外乡村的正月又开始落雪，琐细的飞雪薄薄地落在老房子高高的屋檐兽上，落在邻家庭院的苹果树枝头，也落在房后广阔大地隐秘的低处。我出门走向清晨时分的田野，青春的麦苗们正在白雪中画着完美的曲线，一树一树的喜鹊的鸣唱声从空中跌下来，让人在这个天地银白的良辰不禁由衷地喜悦。

而我在这个早晨深藏心底的另一份小小欣喜是，天亮一小时之前，我终于为《青春诗经》的最后一行画上了句号。说不上圆满，但也真正无愧于心。

唯愿这本小书的读者能在字里行间听到我来自乡间的真诚心跳。唯愿读着这本书的青春以及后青春的朋友们，能永远以静好之心给人世以幸福。唯愿《诗经》的青春光芒，永远福佑我们密集而匆忙的日子。

乙未年正月初十

写于泽州蝴蝶山下

从一滴露水开始

野有蔓草，零露漙(tuán)兮。
有美一人，清扬婉兮。
邂逅相遇，适我愿兮。

野有蔓草，零露瀼瀼。
有美一人，婉如清扬。
邂逅相遇，与子偕臧。

——《诗经·郑风·野有蔓草》

1

常常说起因缘。这看不见的红丝带牵系出多少鲜活的恩恩怨怨。

因缘，既是神秘的偶然，也是先验的必然。好像冥冥中，你必要与某人在一场不经意的纷扬之雪中偶遇，又必要与某人错失于灯火阑珊之间。

你是那阵水上的风，她是那朵山后的云。风云际会，带来一场及时而惬意的甘霖细雨，是需要因缘的。

这神秘的偶然，这先验的必然，就这样影响着万物灵长的生生息息。一个人遇见另外一个人，一只蝴蝶遇见一朵盛开的花儿，一只蜻蜓遇见一阵初绽的涟漪，都需要因缘之神的审批，签字。

因缘，这宇宙生命之衣上隐秘而华丽的花边，就是如此这般地廓定了我们一生情感的疆域。就像每一场盛大而精彩的音乐会都需要一个别致的入场式那样，一桩硕果丰盈的因缘也都需要一个值得纪念的入场。而邂逅，正是悲喜因缘这场人生大剧的入场式，前生种下了因果的有缘人，要通过一场邂逅，来辨认彼此，来完成对今生因缘的确证。

而邂逅，又是一次没有约定时间，也没有确定地点，更没有固定检票人的入场。只有命运之神站在他无处不在的门口，等待着你虔诚的叩门声，并充满戏剧性地接过你呈递上的入场券。

邂逅，是不期而遇，是偶然相逢，是两个因缘在身的人心领神会地在今生的同一个地点，忽然找到了前生的彼此。

邂逅，是并不约定时间和地点的突然相遇，是擦肩而过时电光火石般的四目相对，是寻寻觅觅伤心欲绝后于灯火阑珊处不约而同的蓦然回首，是我与你隔着高阁捏住了同一本书的这一侧与那一侧，是我与你在河流的两岸用彼此的弓箭射中了同一只大雁。

我与你，并无红娘牵线，也无鱼雁传书，甚至没有一个共同的梦的暗示与指引。

我与你，虽然同在一个太阳下，并拥有同一个月亮的光辉，但，我们并没有指日月以为期，没有预定，也没有对某一个时间的承诺与期许。我们省略了那个因共同约定而互相控制的时间与地点，我们把自己交给了命运，交给了自己前生的因果。我们揣着这因果，像两个手绢蒙面的人，睁着眼茫然上路。

没有目标，但有确信。相信命运必在某一朵花、某一丛草、某一滴露水前，慷慨地降下赐予。

2

最美丽的邂逅，是从一滴晶莹圆润的露水开始的。透过这滴硕大的露水球面的折射，我们看到了人类史上神秘、奇妙、风情万千的古典式相遇，以及“诗经时代”的一见钟情。

这是夏秋之交新郑的南山，郑水正携带着远方周天子的辉煌王气从山脚下流过。这是黎明之光尚未抵达的凌晨，一场青春花事即将在薄雾笼罩的山川间上演。

刚刚睡醒的命运之神掷下了他的骰子，在茂盛、凌乱、蔓延滋生的野草丛中，轻雾渐渐飘散，恣意伸展的青草长叶上开始聚集一大滴一大滴的露水。这露水，晶莹璀璨，珠圆玉润，好像它们长久的等待与倏忽之间的诞生，就是为了见证这一次前世今生的因缘际会。

黎明的光穿越了夜幕的荆棘之林，朝阳像一枚硕大的青铜之盾被神灵举出了远方的山巅。南山的草丛之中突然涌起神秘的云团。伴随这坂上之云的升高，在山的南边，以及北边，开始传来了窸窸窣窣的脚步声，以及环佩叮咚的鸣响。

一个郑国的男子，与一个同是郑国的女子，就这样在同一朵坂上之云下，偶遇在露水滋生的草丛之间。他，或许是夜不能寐的诗人，来这山野之间寻觅宇宙自然赋予的灵感；或许是这山下的猎手，黎明上山检视昨夜安设的网罗。而她，或是这村落中上山采薇的农家女子，或是乘早出游的贵族小姐，抑或是逃婚私奔间道夜行的外路女子。

身份与面孔隐没在诗歌的浓雾里，像一个模糊而无解的谜。清晰的，是那一大滴折射着阳光，也折射着有情人眼眸神光的露水。

柔和的晨光渐渐锋锐起来。露珠柔弱，它甚至经不起晨光之刃的轻轻一刺。

就在浑圆的露水从草叶上徐徐滚落的一刹那，男子隔着草丛，发现了那个眼目之间闪烁着温顺与妩媚双重光芒的少女。

清扬婉兮。这是一幅光影清淡、笔触细腻的素描肖像，这是温柔、娇羞与妩媚的三重咏唱。它隐去了这“有美一人”眼眸之下的部分，鼻梁，嘴唇，脖颈，乳房，腰肢，胯骨，双腿，足踝，脚趾，都是不存在的，它们隐匿在那滴璀璨的露水之中。作为情人的男子，此刻同时又是一个沉溺于艺术审美之中的创作者，他省略了那些因过于具体而芜杂的部分，仅仅抓住了这位美少女眉宇之间、双眸之内夺人心魄的柔顺、娇羞与妩媚之气来细加刻画雕琢。

这是文学伟大的省略，也是情人深情凝视的聚焦。

就是这一眼深情的凝视，男子便从中获取了至高的满足。眼前这婉顺妩媚的女子，满足了一个男子对女子的全部现实或不现实的猜想。“适我愿兮”，是一种突然被赐予后的惊喜，就像大暑天嗓子冒烟的少年干涩的嘴巴突然被一只雪糕深深填满；同时也是因心满意足而略显懒洋洋的感叹，是愿望达成之后渴望再来一次的迷人的虚无。

这是一个男子视角中的邂逅，从头至尾都是那个男子在倾诉这次神奇而甜蜜的相遇，而女子是被动的被描述者。她只静静地存在于草丛中，于露水间，不说话，也没有过多热烈的动作，只是站着，坐着，或者躺着。但，正是这空白的省略，恰恰暴露了女子的柔顺与心甘情愿，这从一个侧面暴露出了她对这一次偶然相遇同样心满意足。

阳光渐渐如往日般升起，露水纷纷零落、蒸腾成白茫茫的水汽，而这相遇后的甜蜜是不可以就此终止的。

让我们再来一次！

让我再次凝视你的“婉如清扬”，让我们找到那更幽深的草丛！有你在，我甘愿在露水间钟情一生！

3

《郑风·野有蔓草》，是邂逅之歌，再也没有比这更美好、更微妙、更接近于存在的相遇之诗了。它像一滴凝固了的露水，镶嵌在人类文明史永恒的晨光之中。透过这滴伟大的露水，我们甚至可以看到不但作为爱情，而且作为存在的相遇。人与人的相遇，人与自然宇宙的相遇，人与美之神灵的相遇，凝视，钟情，“适我愿兮”，“与子偕臧”。

人类，便是这般在与更高、更美、更善之物的邂逅、发现与热烈相守相爱之中，发展了自身，改变了世界。这本身便是一个奇迹，属于人类自身超越的奇迹。这样的奇迹越多，人类文明获得发展的可能也就越多。

一切伟大的创造者，与他的创造物之间，都曾有过这样一个“野有蔓草”的神奇邂逅与热烈厮守，而所有伟大创造的灵感，都起源于一滴硕大而璀璨的露水。那露水，聚集并滚落在灵魂的某片草叶之上。

让我们从这首诗的抽象之中再次回到生活的怀抱，回到邂逅相遇的现场和爱情梦想的本身中来。

在生命的南山之上，邂逅恰如朝露，在迷雾般的命运之中被抛洒在任意一枚时间的草叶之上。它熬过了一整个夜晚的等待，它因包容了所有夜色的黑暗而璀璨，而晶莹，像那些经历了太多苦难而又超越了它们的人，在对伤痛经验的咀嚼中获得智慧之光；它终于迎来了黎明的锋刃，这是它的断头台，也是它的祭坛和新生，指向与以往完全不同的生活远景。

请看那些经历了崭新而深刻的爱情的人， 见钟情的邂逅，曾经多么剧烈地革新了他的生活与灵魂。

曾经有一个日本少年叫平清盛，作为一个被武士之家收养的私生子，他叛逆，狂躁，粗野，心怀远大的梦想却找不到现实突破的出口。而一旦他被一阵琵琶之音导引，邂逅了神官的女儿——美丽而坚贞的秀子，他在刹那间发现了属于自己的那一滴晶莹的露水，干裂的灵魂从此被滋润，长出了嫩绿的新芽。青春期叛逆的少年从此发现并走上了属于自己的道路。他紧握一把来自中国宋朝的巨剑，击败了自己几乎所有的对手，开创出一个崭新的武家时代。

曾经有一个日本少年叫源赖朝，作为平清盛敌人的嫡子，他是自己被灭绝的家族唯一的遗骨。这源氏的孤儿，被流放在蛮荒远僻的伊豆小岛。远在京都的平清盛像一个巨大的阴影，笼罩着他的白天和黑夜，切断了他几乎所有复兴家族的妄想。这年轻而英俊的流放犯，心灰意冷地吹笙，咏唱“今日复明日”的绝望之歌，如鬼魅般踽踽独行在伊豆的密林之中。他本该像一棵被虫蛀了内心的小树，死于不久之后的风雨。但有一天，一个蓬头光脚、武勇而英迈的捕猎者，当地豪族北条家的小女儿政子，用一张巨网网住了这传说中的“妖魔”。捕猎者兴奋地绑缚了自己的猎物，但当她拂开“妖魔”脏乱的长发，看到的却是一张年轻的脸。那张脸虽然面如死灰，却无比英俊。

这是属于他与她的独特的邂逅。

这个女猎手最终释放了网罗中的流放犯，不仅仅是从自己的猎网之中，而且是从平清盛密密织就的恐怖之网中，解救了近乎绝望的源氏遗孤。她用自己热烈而粗野的爱情，点燃了这绝望者心中对未来的熊熊烈火。而源赖朝，也在这“有美一人”的激励与献身支持之下，抽尽了自己的一腔绝望之血，重新灌注了家族的光荣之血。他冲出了封锁他的孤岛，击败了貌似强大不可一世的平氏家族，开创出了自己的镰仓幕府。

这些都是因缘的赐予，都是因邂逅而来的奇迹。生命辉煌的超越与提升，是从那一滴硕大的滋润过灵魂的露水开始的。

青春期渴望热烈、精彩与辉煌人生的我们，没有谁，不期待一次神奇的带来好运与巨大满足的邂逅相遇。没有谁，不希求那滴伟大的命运之露对自己慷慨地赐予。

但邂逅，既是晶莹璀璨的，同时也是脆弱、虚无、充满无限偶然的。它甚至经不起阳光之刃轻轻一刺，更遑论现实巨轮的碾压。我们根本不知道那一滴带来奇迹的露水，摇晃在哪片草叶之上。

但其实这些都并不可怕，可怕的是，在一个因自甘平庸而缺乏奇迹的时代里，邂逅成为一种想象里的不可能。很多人从根本上放弃了寻找的诚意，放弃了被奇迹垂青的机会。他们让生命回归庸常，在自慰的平淡中了却一生。

只有极少数热烈而执着的人满怀真诚地攀登在迷雾笼罩的南山上，寻觅那滴浑圆而透亮的生命之露，以及那露水之后的“清扬婉兮”。

我想说，让我们成为这样的寻找者之一吧。让我们从庸常中拔出腿来，给自己一个寻找露水、体验奇迹的机会。

那么，就让我们放下物质主义的高端智能手机，让我们走出虚无缥缈的网络魔兽世界，让我们回到自然的野有蔓草之中，来到一滴晨光中风姿绰约的露水近旁，邂逅一个清扬婉兮的好姑娘。

藏进草丛里的爱

静女其姝，俟我于城隅。
爱而不见，搔首踟蹰。

静女其娈，贻我彤管。
彤管有炜，说(yuè)怿女（rǔ）美。

自牧归(kuì)荑(tí)，洵美且异。
匪女（rǔ）之为美，美人之贻。

——《诗经 · 邶风 · 静女》

1

一首诗，很多时候是围绕一个跳出喉咙的词而诞生的，或者仅仅是因了一个令人眼热的字。比如“薆”，便是一份隐藏在草丛里的爱情，一首寓言般的诗因它而诞生。

这便是《邶风·静女》。读这首诗，你只需记得世间所有的爱情，都是诞生于草丛并离不开草丛的，便不算白读。

爱情天生亲近自然，它不一定与娇艳的玫瑰有关，但一定与某处葳蕤而新鲜的草丛有关。爱情的汁液与山间河畔直达肺腑的草香是多么融洽啊。在青春期里，一定会有某次纯洁而朦胧的情感因草而丛生，因草而疯长。也许并不结出果实，只是会像草，使你内心纷乱，使你的身体拔节。

《邶风·静女》，在我读来就是一首小情人在春草疯长时节悄悄约会并赠送情礼之诗。非常有生趣，充满了约会的甜蜜和相互戏谑的情景，以及约会之后细密而幽微的心潮涌动。两个小青年约好了在城墙外春草茂盛的角落下见面。为什么非要去城墙外呢？因为城墙里人多啊，而约会需要私密度高的场所。而到了城墙外人少的地方，还是略有人迹，不行，还得找个草丛把自己隐藏起来，只让两个人面对面看见彼此，只让她感受他的呼吸，只让他谛听她的心跳。

隅，就是犄角旮旯。这生满了青草的一隅之地，是自然赋予爱情的温床，促狭，窄小，但也完全够了，它很快便要被两人的青春之爱感染了，充满了，温热了。

这一次约会，显然是女孩子先到了。这个女孩之所以让我们喜欢，不单单是因为她美丽娴雅，有着能够从人群中被一眼认出的特别娇艳的姿容，更是因为她毫不忸怩造作，故作矜持，更不姗姗来迟。她有着令男子喜欢的爽快与干练，就像一只既温顺乖巧又机灵敏捷的小兔子，活跃在和畅的春天里。她还有一点点性急，血液里有因爱情而生的急迫感。所以，我们看到美丽而性急的她先于男孩子来到了约会的地点。

但也许，是她和他两个人从不同的方向同时来到了约会地点，但女孩子总是敏感，眼尖，当她一眼瞭见男孩子懵懵懂懂走过来时，就决定先藏起来看看男孩子的反应。看看他是不是会左顾右盼，是不是会三心二意。总之是我要藏起来，看看他究竟如何动作。这在女孩子，是一种本能的乐趣，是青春期恋爱里戏谑的小插曲。于是，她和她的爱，一起藏进了草丛里，暂时隐蔽了起来。“薆”——草丛下隐藏起来的爱，多么好的一个字啊。

于是这场春天草丛里的约会出现了舞台剧一般的波折，这让后至的男孩子有机会在聚光灯下显现他对爱情的态度，把自己剖开来给躲在幕布后的女孩子看。但这个男孩子显然十分老实，对爱情很是忠诚专一。见女孩子没有如期而来，他不但没有左顾右盼，也不趁机搭讪别的春游女子，而是“搔首踟蹰”。为什么他要不停地用手抓脑袋呢？因为他心里烦急，又有一些因不确定而生的担忧——难道是自己看错了时间？难道是那女孩子嫌我哪儿做得不到位而生气负约了？总之，内心难以安定。所以他慌张得像被抽了一鞭子的陀螺，围着约会地转来转去，踌躇不前，又像一块没有等到风来安慰的浮云。

那藏起来的女孩把男孩捉弄够了，她的心里便获得了莫大的满足，于是一展腰蹦了出来——“娈”，便是一个女孩一展腰身从草丛的低处露出了面容，便是鲜艳美好啊，便是体态妙曼啊。这一个出场，十分突然，也十分惊艳，就像一朵花突然打开了她自己，就像终于易了女装的黄蓉突然从船篷里跳出来，对着目瞪口呆的傻郭靖销魂蚀骨地唤了一声“靖哥哥”。然后女孩子一伸手，从衣袖里亮出一枝鲜红的管茎草。这鲜红的小礼物是送给男孩子的，以作为对捉弄他的弥补。那通红的管茎草透明鲜亮，还有交织缠绕的明艳花纹，摩挲着它，男孩子的心里吹起了暖暖的小南风，方才那朵忧郁而焦躁的云随风而散了。男孩子觉得，这株红红的管茎草实在美得出奇，但比这株草更美艳的，还是自己身边的女孩啊。于是，他和她开始了约会的主要内容，而这一切热烈的内容都隐藏在草丛中，不为外人所见。我们只能听到他用耳语般的声音说出的那几个字，我是多喜欢你的美啊。

中国诗歌美学的热烈与含蓄，张扬与留白，就这样浓缩在这言简意丰的“说怿女美”之中。区区四字，横扫千言万语。

而男子约会归来持在手中的一株白茅草如袅袅的余音，为这场草丛里的爱留下了绕梁不散的尾声。这漫山遍野的白茅草有什么稀奇啊。但男孩子就是这么宝贵它，因为那是女孩从草丛里坐起身时顺手折下送给自己的啊。那茅草还是初生，鲜嫩如女孩的手指，留有她特殊的体香。在男孩子看来，这就是值得珍惜的宝贝。其实，所有的情场礼物，都缘自于爱屋及乌，若情在物中，物自有了值得珍重的分量。即使四两棉花，也平添了千钧之重。

而“洵美”这个异常美丽的词，让我油然想起了中国当代文化史上那个民国时代著名的希腊风美男、“天生的诗人”邵洵美。而他之所以使用这个略显女性化的名字，完全是因为他爱上了美丽的表妹盛佩玉。因为表妹之名语出《诗经·有女同车》“佩玉琼琚”，于是本名邵云龙的美男诗人，也便从同一首诗“洵美且都”一句里取前二字以应之。遂成一时文坛佳话。

却不知，洵美少时，有没有与静雅的表妹相约城隅，并美滋滋地带回一株红艳艳的管茎草？

2

静女其姝。这是中国诗歌献给女性的独创词汇，娴雅，静谧，明亮，有着灼灼的好颜色，如同一枝春日初绽的梨花，有洁白的瓣，有秀嫩的蕊。这样的女子，天生就是为爱情而生的，是为青春期的约会而来的。

但使我愤愤不平的是，我们的一些老祖宗却并不是这样来读诗的，或者说，他们不是用爱情的嘴唇来读诗，而是戴着考古学的老花镜，用麻木不仁的道德口齿反复咀嚼，非要把一首可人的情诗嚼成一摊无味之蜡，再摁在一堆说不清、道不明的春秋史料上，非要将这段美丽的青春花事，附会成一个公公与儿媳的不伦之恋。当然，这个故事也有趣得紧，且十分香艳，尤其是那位公公还是卫国的君王，而那个美丽的儿媳，则是来自于齐国的公主。但这并不能让我心甘情愿地将这首《静女》送进卫国老贵族勾引美艳儿媳的俗套之中。

但我不妨简短地用老学究和卫道士的口吻来讲述这个春秋时期公公诱惑儿媳的故事。这里有着腐朽没落的淫逸气息，诸君大可抱着批判之心有选择性地吸收。

话说春秋时期，卫宣公为自己的儿子太子伋聘娶了齐侯的女儿，并在离都城十七里的河岸边上筑了一座供新人居住的高台式别墅，名为“新台”。当这位齐国公主过河抵达新台之后，卫宣公马上听说这位儿媳是个绝色的美人。所以不等自己的儿子去迎娶新娘，自己就先蠢蠢欲动，想千方百计地赶在儿子之前一睹芳容。但碍于公公与儿媳的伦理名分，他来到新台下时又不好悍然相见，于是心中烦急，出现了与诗中类似的“搔首踟蹰”之态。但最终还是借了一个莫须有的理由见到了这位齐国的美人。一见之下便不能自拔，因这美人不但“其色可取”，而且“其性可悦”。也就是说这位儿媳可能在公公面前不太合适地表现出了她“娈”的一面。这让这位心猿意马的公公不顾身份，越礼而求爱。在这个关键时刻，美艳的儿媳亮出了“彤管”，但这并不是她敬献给公公的见面礼，而是一个提醒老人家千万别非礼的警告。在中国古代文化中，笔，又称管，而“彤管”就是红色的笔。这种红色的笔并不是随便什么人都可以佩有并使用的，它是古代的贵妇人身边的女史佩在身边用来记事记言的。就像君王身边总有记录言行的史官那样，后妃公主身边也要配备这样的女官，左史记言，右史记事，用来收录这些贵妇的美德。儿媳此时亮出这件法宝，就像我们这个时代的女白领在遭遇上司的非礼危险时突然告诉他“我有微博，你千万别动手”一样。这让见色起意的公公有所收敛，但转念一想，这儿媳实在是太美丽了，我若不抓住机会，此生怕再也难遇如此颜色了，于是悍然将非礼进行到底。

但令宣公意外的是，这位齐国的公主在就范之后，并未寻死觅活，而是曲意顺从了此不伦之事，并马上表示愿意成为自己公公的夫人以及她原来丈夫的母亲。为了表示自己的这份心意，她折下了娇嫩的白茅草，亲手送到了公公的手里。这让这位非礼得逞的公公喜出望外，在从新台赶回都城的途中，对着白茅草兴高采烈，大有“我的青春小鸟又回来”的得意与欢乐。

但此举在后世的正人君子们眼里不啻于禽兽恶行。他们纷纷把这位齐国儿媳，即后来的宣姜杀太子夺嫡并导致卫国政荒国乱的大事件作为一种报应来看待，并向之投掷了无数罪有应得的口水。

就这样，这首本来十分美好且使人充满正能量爱情想象的《静女》，便被引进了一个乱伦史的轨道，恶化成为一个春秋史上的巨大污点，被钉上了伦理道德的耻辱柱。

3

虽然卫道士们言之凿凿，但我仍然坚持认为诗就是诗，史就是史。而诗作为一种更高级的精神存在，显然是超越于史事的。也就是说，诗不一定非为某时某事而做，即便是与特定的某件史事有所牵系，它也会在遥远的未来时代，超出史事的框架而获得完全崭新的内涵。非要把诗摁进某一特定历史的皮相，就如同以粪水浇花，不肥其根而淋在其花瓣上，越卖力越暴殄天物。

所以，还是让《静女》回返青春约会的爱情本身，退进自然深处芳香四溢的草丛，退进两个青春男女的呼吸与耳鬓厮磨，而彻底遗忘掉那场发生在新台之上的不伦之恋。

这样，诗便获得了它本来的干净与丰富，就像那草丛里隐藏着的男女之爱。

等一个爱人到河流的彼岸

匏(páo)有苦叶，济有深涉，
深则厉，浅则揭。

有弥济盈，有鷕(wěi)雉鸣。
济盈不濡轨，雉鸣求其牡。

雝雝(yōng)鸣雁，旭日始旦。
士如归妻，迨冰未泮(pàn)。

招招舟子，人涉卬(áng)否。
人涉卬否，卬须我友。

——《诗经·邶风·匏有苦叶》

1

"一个女子，会不会仅仅因为她的才华与深情，而被人爱上?"

我的朋友是个写小说的才女。这个白银样的女孩就像命运封存在地穴里的一罐珍宝，至今尚未被人爱上。在梦醒难寐的午夜，她在微信朋友圈发出自己略带苦味的心声渴求回应，就像一道瘦弱的闪电，舞蹈着，战栗着，希求清晨微蓝的雨水。

我知道她正在青春细雨霏霏的渡口，等一个能爱上她才华与深情的男子，同往婚姻河流的彼岸。但我真的不知道该给她怎样的回答，亦不敢轻薄地点赞。

因为，这实在是一个大问题，充满了人生难料的深浅。就像面对一个背着一只葫芦要去渡河的人，我不敢轻易指点那条河是否凶险，是否隐伏魑魅魍魉，是否藏有会含沙射影的水弩。

指点一个人过河是件大事，非饱经风浪、世事洞明的智者不可为。而有太多松鼠与笨牛好为人师，徒为小马笑。

生活在一个被河流分割开的城市，每天我都要从同一条河上从东向西，再从西向东，过去再回来。十年的过河史让我明白，河流有深有浅，或者时深时浅，就像我们正在经历的人世因阴差阳错而有不一样的密度与落差。每次步行从桥上过河，我总是会想起自己涉世未深的人世，以及另一些在别处正横渡着青春之河的朋友。

我们都是过河人。要抵达一条河的彼岸，或者从彼岸回来，我们需要通达而坚实的桥梁，需要呼之即来的舟船，更要知道水的缓急与深浅。如果是在冬天，我们还要问一问河心的冰冻得是否足够结实，以及手拉着手一起过河的人，是否有一颗可靠的内心。那覆盖着一层冰壳而暗里汹涌着的大河，与我们青春期面对的世界，是何其相似啊。

但对大多数形单影只来到河边上寻求彼岸的青春来说，一切媒介都是阙如的。除了一只背上生有苦叶的葫芦，还可供自己任性地一跃。

许是彼岸太过诱惑，多少青春就这样不扔一块探路的石头就涉进了生命的冰水。曾有一个十四岁的邻家少女脱口而出地对我喊："别告诉我该怎么做，青春就是发疯的本钱！"这令我愕然，觉得她因过早发育而冒冒失失的灵魂正要抱起一只葫芦跳进眼前的大河。

我不敢揣测她的青春期遭遇，但我很想对她说，就像在汛期的大河中不知深浅地泅渡很可能溺水一样，脱缰而去的青春必将遭遇突然而至的劫毁。就像七堇年多年前的一本小说《澜本嫁衣》里的叶知秋，任性而去，一飘不回，最终青春的肉体与灵魂，在黑暗中碎裂一地，那些玻璃一样晶莹的尸骸再也难以回到本来的花枝上，粲然笑。

而《诗经》里的一条河，用它的深深浅浅，为我们后世提供了白袍青春涉水入世的座右铭。

2

还是让我们回到“诗经时代”的河流，回到一个河水涨满的渡口，回到一个衣裙飘飘的青春女子瞻望徘徊的步伐中，看看她的青春要做些什么。

这是晚秋，白霜已经降下，河流正进入它封冻前的最后一次猛涨期。芦苇们举着孤独的白发，摇曳在清晨的凉风中，而岸边缓坡上生长的葫芦已经被人收获。“七月食瓜，八月断壶”，那些青葫芦早已被农夫收回家去，大的当菜，小的做瓢，最大的，会特别留下来，供雇不起舟船的人用来捆束在腰间漂浮渡河。而此时的葫芦地里，竟意外地残留着一只既丑又大的葫芦。藤蔓已经枯黄，那葫芦上只挂着两片灰黑的败叶，在风中神经质地抖晃。

女子从葫芦地边经过，她一眼就看见那只留有两枚枯叶的大葫芦。葫芦啊葫芦，你被遗弃在这河边的荒野上，你为什么还没有找到自己的归宿呢？难道你也和我一样，是被人抛弃的么？想必你那两片头顶上的叶子，也和我此时的内心一样啊，很苦很苦。

女子就这样来到了河边上，河水浩阔，满满当当，对岸只是隐隐的一线。那对岸有我的爱人么？我该怎样渡过那彼岸去？她提起了衣裙，把一只脚伸向了河水，但她又马上感觉到了水面升上来的寒气而收起了脚。这河真是太深了，在我年纪还小的时候，我的母亲就告诉我过河要看深浅。因为河水深的地方会淹没你的衣领，而即使在河水浅的地方，你也得提起衣摆。只有懂得深浅，你才能安渡，不谙深浅，就容易有灭顶之灾。

但我那时候因过于年轻而不懂这些啊。非但不懂，我还暗暗讥笑我的母亲，觉得她真是迂腐可笑。一条河，彼岸就在那里，从哪里过不是过呢？春天来到时，我常常来到这条河边看桃花，听雌雉鸡娓娓动听的鸣叫。桃花实在是太过浓艳，那藏在灌木丛里的雌雉鸡的鸣叫也太过惹人，以致我早早萌动了春心，对彼岸的男子生出了过于浓烈的幻想。后来就有河边的男子来到我面前，挑逗我，戏弄我，对我说，你看那桃花多像你美丽的小脸啊，你听那野雉鸡是在呼叫它的爱侣呢。他们还告诉我说，别看这条河这么宽广，也别听人说它有多么深，其实只要坐上我的马车，河水连车轮都淹不住呢。不止一个轻薄且阔绰的男子和我说这样的话，那时我过于轻信，一次一次上了他们的马车，但他们并没有带我坐着车去过河，也没有带我到我想去的彼岸。他们带给我的，只是一次一次的伤口与抛弃。每次从他们的马车上下来，我都能听到那只雌鸟在叫，叫着叫着，我就渐渐老了。

后来我的父亲对我说，女儿啊你真傻，河水那么深怎么会连车轮都淹不住呢？那些人都不过是在欺骗你。就连那只河边不停地叫得人心慌的雌雉鸡，也在欺骗你。在我们这条河边，我从未发现过尾羽艳丽的雄雉鸡，那这只从远处来的雌雉鸡它是在向谁求欢呢？它只不过是叫给那些公狼和公狐狸们听的。像它们这些天上飞的，才称为雌雄，那些地上跑的，只能称牝牡。而这次雌雉鸡却向地上跑的公狼们求欢，它不就是在蛊惑像你这样单纯的少女么？

哦，我终于懂了。我何尝不像那只春天里的雌雉鸡啊，错将那些地上奔跑的兽类认作我的爱人。而此刻春天已经过去，那只雌雉鸡已经不知道去了哪里，而我再次来到这条河边上，回望我懊悔不已的青春。

清晨的太阳从东方的山峦后升起了，逐阳而飞、随阳而栖的大雁们从芦苇丛中呼啦啦地飞起，飞向我一直想去的大河对岸。它们自由地招展着翅膀，排成令我羡慕的行列，发出雝雝的鸣声向南岸飞去。我是多么想成为它们中间的一只，飞向我彼岸或许存在的爱人啊。

我彼岸的爱人啊，你一定是在那里等我的。如果你真是在那里等一个像我这样的女子，如果你真想娶她为妻，就请来吧。河水很快就会上冻，你可要快些来，一定要在这个冬天穿越冰封的河流来到我面前，千万不要等到明年春天冰雪消融时，因为每过一个春天，我就会多老一次。

太阳越升越高，从大雁飞走的地方悄悄荡出一条小船，一个船夫出现在女子渐渐清晰起来的视野中。船夫远远地喊，姑娘你是要坐船过对岸去么？很多像你这样的姑娘都是坐着我的船过河的啊。天冷了，这可是今年最后的船了。你要上船吗？

哦不，我不再轻易地渡河了，因为我已经知道了这条河的深浅。而我现在在等我河对岸的爱人。我要让他牵着我的手一起，到那大雁栖息的彼岸去，我们要一起在那里温暖的阳光与花树下，生儿育女。

3

《匏有苦叶》，是一首充满了隐喻的诗。一只携带着苦涩印记与味道的青葫芦，不正像我们曾经犯错并在懊悔中有所思悟、有所矫正的青春么？

每一个具体而鲜活的生命，都无非是大自然生出的一只葫芦样的容器。而渴望在爱情中繁殖幸福的青春女子，更像那只体型优雅的青葫芦。让青春充满甘甜的汁液，而不留下苦味，则是青春女孩们必修的人生功课。

人生真像诗中满盈的河流啊，河岸上既有凶险诡诈长着一张人脸的走兽，也有迷人心性将青春导向歧途的野鸡，多少心存彼岸幸福的青春少女就这样耐不住粉色的诱惑，纵身跳进了欲望翻腾的河流，化作泥浪里的一瓣桃花。

而青春也必定要过河去，因为彼岸似乎更为幸福。当我们熟谙了河流的深浅与脾性，我们何不耐下心来等一个正确的人，一个只因你的才华与深情爱上你的人，手拉着手，听着彼此的呼吸与心跳，一起踩冰过河。

哥哥你走大路

遵大路兮，掺(shǎn) 执子之袪(qū)兮。
无我恶矣，不寁(jié)故也。

遵大路兮，掺执子之手兮。
无我魗(chǒu)兮，不寁好也。

——《诗经 · 郑风 · 遵大路》

1

青春年少时节，总有一个路口摆在你面前，供你告别过往，走向广阔的未来。而过往深处，总有一份深情依依难舍。这份深情会拉住你将别的手，告诉即将出门远行的你，勿忘我。

中国式爱情在接受空间与时间的考验时，尤其是一个女子在送别一个深爱的男子时，所有的深情、疑惧、忧愁以及不甘与无奈，脱口而出时就化成了三个字：勿忘我。

勿忘我，即使仅仅作为一种花，也意味着忠诚的记忆。如果它开放在一个女子的唇边，如果女子把自己唇边开放的这朵花插到男子的心口处，则有着更为丰富而悠远的意味——即使你走到天涯海角，我也仍然希望我留存在你心中最柔软的地方。

其实每一个深情女子，在春华初茂的青春期里，都会把自己当作一朵勿忘我，别在情郎的衣领上。

但在青春的百花园里，这勿忘我，却是最易枯萎、最易消散于风中的一朵花。

因为青春啊，总像一阵方向不定的风，要把那蒲公英一样的男子，引到异域的天空下，去领受别样的生活与遭遇。

我们禁不住会问：生活是不是永远都在别处？青春是不是永远都有无法承受之轻？为什么每一份生机勃勃的青春，总是希望走出家园，走向世界，在通向远方的路口，与故人往事上演一出青春的生离死别。

但我们也知道，其实青春是无罪的。因为青春天生与冒险、与远方紧密相联。青春期的少年总是格外喜欢新鲜、生动而美丽的事物，而远方的花儿之于少年永远是难以克服的美的诱惑。所以你无法怪罪那少年，为什么要在故乡的花园摘下一朵勿忘我，然后又直奔远方的玫瑰园决绝而去。一旦走出家门，他们就会随着王洛宾的马头琴唱道：

“在那遥远的地方，有位好姑娘。”

而这好姑娘，大概永远不会是过往生命里的那一位，而可能永远是新生活、新时空下的某一个。喜新厌旧，很多时候正是人类进步的动力之一，而青年男子追寻远方的花儿和一切崭新美丽之物，正是他充实生命、开拓青春空间的必由之路。

所以，任何一个身在远方的年轻男子，都会对美丽之物，尤其是美丽的女子心猿意马、怦然心动。这里面其实没有多少道德的卑下与轻浮，而只是人类的本能与青春的因子在作怪。因为即使像孔子这样的圣贤，在卫国遇到南子的那一刻，也难免心醉神迷，要在南子的房间里多待一会儿，再多待一会儿，以致被弟子们嘲笑与非议。

所以，残酷的事实是，虽然有一朵勿忘我插在心头隐秘的地方，但没有多少远行人，会记得家乡故园外的大树上，还系着一条渴望他回返的黄手帕。更不会记得，在遥远的某个路口，有一个老情人，在车马腾起的尘埃间守望那曾经熟悉的身影。

别旧爱，结新欢，这是远行的青春男子隐秘的至乐，同时也是留守的青春女子最大的恐惧与忧愁。也正因为如此，在远别的场景中，她才会猛地扑出家门，死命拉住他的袖子，千叮咛，万嘱咐，恨不能此身化作随形影，伴他赴天涯。

而在遥远的“诗经时代”，这一出青春爱情的别离剧便已搬上生活的大舞台，而且有一个别致而伤感的剧名叫作《遵大路》。遥隔两千五百年烟雨，我们仍然能听见那女子撕心裂肺、悲伤欲绝的哭腔。这发自心底的悲音顺着大路上不老的尘埃穿越茫茫时空，化成我们耳边上一缕袅绕不绝的生命之痛。

2

“哥哥你走西口，小妹妹我实难留。提起哥哥你走西口，小妹妹泪长流。送出来就大门儿口，小妹妹我不丢手。有两句那个知心话，哥哥儿你记心头：

走路你走大路，万不要走小路。大路上的那个人儿多，拉话话儿解忧愁。

哥哥你走西口，万不要交朋友，交朋友那个朋友多，操心忘了侬。”

每一次，听新生代歌手王二妮演绎青春版民歌《走西口》，都忍不住泪眼婆娑，都忍不住迅速想起《诗经·郑风·遵大路》。抛却特定的历史场景与地理因素，这是何其相似的一个场景啊，古老郑国的民歌，就这般借助一个当代歌手的歌喉，在新时代别离的路口，汪洋恣肆地漫延开来。而我们也藉此旋律，得以进入遥远而陌生的诗歌场景。

东方尚暗，窗外已鸡鸣。屋内的少女怀着万分不舍的别情，又一次检视了为远行的情郎准备的包袱。里面可能有两双她亲手制作的麻鞋，有一身她连夜缝制的葛衣，可能还有一缕她匆忙间剪下后压在包袱底的秀发——哥哥啊，我虽不能陪你走天涯，就让这脚上的鞋，身上的衣，以及我额上的发，贴心贴肉与你长相伴随吧。

村街上传来远行人杂沓的脚步声。该是出门远行的时候了。少女携着包袱冲出了家门，冲出了柴扉，跑啊跑，一路跑到村口的老树下，等心里的那个他脚踩尘埃走过来。

——狠心的哥哥呀，你为什么非要抛下我去那遥远的地方？我也知道，哥哥你去意已定，小妹妹我留不住你，那就让我在这大路口上送你远行吧。

终于传来了那熟悉的脚步声，终于那远行的男子披着一身晨曦来到这路口上。久久等候的女子的眼中迅速涌上了滚滚泪波。一道一道的眼泪，迅速涌出眼眶，扑簌簌地往下流呐。“执手相看泪眼，竟无语凝噎”，但，这绝不是不说话就能分别的时刻啊。这女子于是死死拽住情郎的胳膊，要说出几句心里话。

这便是诗歌里的“遵大路兮，掺执子之祛兮”。事实上，如果我们足够深情地审视，会发现“遵”真是很有意味的一个字。我们看甲骨文与金文的“尊”，会十分形象地看到是两只深情的手高举一只满溢的酒器进酒的模样，而“遵”所加的那个形旁，恰恰极像一个长发披拂的女子站在大路上。一个女子站在大路上举着酒杯等待敬酒，这不正是我们所熟悉的饯别场景吗？而一个“掺”字，既突出了女子伸手死命拽住情郎衣袖的执拗与不舍，同时，还有突出女子玉手纤美之意。

拽紧哥哥的袖口，是为了让哥哥把妹妹的心里话听进心里去。

——哥哥啊，你就要走上新生活的大路，远方的世界很精彩，你可不能为了那崭新的世界而厌弃作为旧情人的我啊。你一定要铭记我们往日的深情，即使走到天涯海角，也别让外面的风把我们青梅竹马的恩爱吹落青春的花枝。

“无我恶矣，不寁故也。”这是一句重似千钧的别辞，是柔情而悲怆的央告与祈求，也是刚劲而烈性的托嘱与告诫。我们甚至可以将之视为中国古代女子在临别时刻与情郎口头签订的一份爱情契约。我们的爱情即将接受时间与空间的考验，在这场考验中，我有守候你的义务，你有勿忘我的职责。我不相背，你亦不可相弃。“无我恶矣”与“不寁故也”都是反语，貌似一个最低限度的要求——

你不要厌弃我啊，你不要那么快地忘记我啊。但事实上，这是对最高程度的约定——你一定要永远喜欢我，你一定要永远勿忘我，你一定要像当初那样回到我身边!

委婉，但毫不含糊，迂曲，但绝对坚定，这正是中国古典女子们的言语习惯与表述风格。

太阳渐渐升起来了，别离的最后时刻已经来到。一同远行的伙伴们已经在前面不住地回头催促。被少女紧紧拽住了袖口的男子虽然不舍，但也万般无奈。他往回一抽衣袖，但并未能完全挣脱。他的两只手，又被少女紧紧拉住。她拽着这双曾经熟悉无比也温暖无比的哥哥的手，宁死也不松开，因为心里知心的话儿还没有说完啊。

在这个别离的场景中，从诗上片的“袪”至下片的“手”，这里有一个不容忽视的、值得我们加以凝视的动作与心理的过程。这个远行一方的挣脱、相送一方的再次挽留，这一抽一拉之间的动作，不停地以慢镜头的方式在闪回，一遍一遍，终于将送别的气氛推向了情感的高潮。这时候的歌声中，最让人揪心的部分出现了。

——哥哥啊，自你今天别后，我将再也不为别人梳妆打扮，我要把我的容颜，只留给归来的你。但哥哥啊，你在远方，不能为那些花枝招展的女子动情动意，不能想到首如飞蓬的我就心生厌弃，当一个丑陋的女鬼那样将我逐出你的记忆。你可千万不能忘记在家乡还有我这个痴情的人儿在等着你。

“无魗我矣，不寁好也。”再一次向远行的男子提出要求，而且提得比上一次更加明确——不要被外面世界那些艳丽的野花所引诱，要记得家乡那个深情牵系你的好女人。这里的一个“好”，简单、朴素，但无比纯粹而凝重。

能有什么会比故园篱笆影里，那个牵念远方的纯情少女，更美更好的人呢？

3

《遵大路》是中国式的情人别离之歌，是女子在自己的爱情遭遇未来时空的考验时对她的情郎喊出的央求与告诫之歌。它同时也是一出“诗经时代”的爱情独幕剧。这出分别场景中的戏，从头至尾，只有女子一个人在哭，在唱，而那男子，从始到终，不发一言，浑然一个不动声色的木偶。

在这首诗中，我们听不到男子信誓旦旦的应答，甚至看不到他脸上的表情。作为一个远行人，他的面孔过早地藏在了远方的风烟里，隐秘，含混，有着好像刻意为之的含糊不清。

这不能不让我们对诗中女子的央告抱有深沉的同情，对她爱情生活的未来抱有一丝隐隐的担忧。我们情不自禁又不约而同地设想出一个多年后远别重逢的场景：

她在驿站的路口或者河边的渡口望眼欲穿，车马辚辚，帆影点点，过尽皆不是。她久久驻足等候，当年的青丝今已星星点点。终于，他的马车，他的船儿出现了。车窗口，小船头，露出了他的身影。

她喜极了，还是当年的那个他啊，还是当年的那张脸，似乎一点没改变。但终于，他走下车、上岸之后，那车上，那船上又走下一个崭新、艳丽而陌生的她，以及他与她的子女们。

这是多少古典文学作品以及现代影视作品中的经典桥段啊。每次看到这样的场景，心头都有大风刮过，都有暖春迅速切换到严冬，都有完美的内心之镜，砰然而碎的巨响。

那裂痕，锋利，深邃，淌着多少年多少青春不甘的鲜血。

但青春的别离与重逢就是这样，残酷而真实。青春爱情中的每一次别离，对爱情中的双方，都是一次刀锋上的行走，都是从结冰的水面上从此岸到彼岸。你目送他依依远去，但等他归来的岁月里，你已被时光之刃划得遍体鳞伤，或者在一次裂变中，葬身冰海。

我们中国式的爱情中，从古至今，似乎都缺乏一个神圣而高过人世的契约，所以无法使被迫接受时间和空间考验的男女保持对对方的忠贞不贰。时空中的爱情，因缺乏这个永远保质保鲜的容器，所以总是迅速陈腐，迅速消亡。所有的山盟海誓，所有的你侬我侬，所有的临别执手，都轻薄如纸，一转身，便吹散于风中。

在古代中国，秀才赶考，十年不归。衣锦还乡时，早已招为驸马，狠狠心肠便抛却故旧。比如一出《铡美案》，在成全包青天旷世美名的同时，也将中国式的负心汉永世钉上了历史的耻辱柱。

想必，在大宋朝某一年的路口，秦香莲也曾拉住过陈世美的袖子，唱过一出北宋版的《遵大路》吧。《遵大路》是每一个痴心女子唱给每一个远行汉的良心之歌。也是加在每一个远行汉身上的道德魔咒。它几乎发生在每一个年代的青春爱情别离剧中——

1900年代，山西祁县，三年大灾之后，一个个翠翠那样的小女子唱着哭着，送出青那样的情哥哥走西口，谋生路。

1940年代，山东沂蒙山里的马牧池，小女子心甜抱着革命的先进觉悟心甘情愿送别新婚丈夫李继成保家卫国上前线。

1960年代，在那遥远而清贫的陕北，女知青秦岭隔着沟沟壑壑，带着满脸的泪珠儿，向即将回城参军的男知青钟跃民唱出一曲悲怆欲绝的《走西口》。

1980年代，同样是在陕北，少女刘巧珍送别情郎高加林。

但几乎每一次依依相别，都没有能在未来收获期许中的圆满爱情。事实上，多年之后，他与她再次相逢时，总是你是你，我是我。在时代的旋涡中，曾经深爱的男女，终成陌路，空余唏嘘。

尤其是在我们这个新时代，在资本的驱动下，我们北上，南下，甚至漂洋过海，远隔东西，我们已经很难紧握一份青梅竹马、朝夕相处的爱情。看看我们的身边吧，人都像鸟一样飞来飞去，爱情也像春天的风一样，不知从哪里吹过来，也不知将继续吹向哪里去。如果你没有及时将爱情抓在手里，它会迅速从你指缝间永远地溜走。你看多少山盟海誓，多少初萌的青春爱情，一出校园、一个转身便成往事云烟。

青春里的人儿啊，你永远不能将你的爱情、你的未来绑在你与另一个人的过往上，并对他或者她的未来提出要求。在一男一女的情感关系学中，如果他已远行，而你空跺脚，不进步，就无法要求另一个人顺着老路走回来。你永远不可能待在原地，坐等他回到你的身边。

但作为一个曾经深情、拥有过往的人，我们无论远行在哪一条大路上，都不应该忘却我们曾经经历过的那些个路口，以及那些个路口上送别过我们的人。在青春的站台上，当我们乘坐时光的火车呼啸而去，奔向远方未知而广阔的花园，我们一定要“遵大路”，一定要对过往抱有永久的深情。

因为，纵使时光飞逝，你已不知秋冬，不再留念，而内心深处终会相信“情人却是老的好，曾经沧海桑田分不了”。

但求你的她，他的你，永远在心中。

怀念是种温柔的刑罚

采采卷耳，不盈顷筐。
嗟我怀人，寘(zhì)彼周行（háng）。

陟彼崔嵬，我马虺(huī)隤(tuí)。
我姑酌彼金罍(léi)，维以不永怀。

陟彼高冈，我马玄黄。
我姑酌彼兕(sì)觥，维以不永伤。

陟彼砠(jū)矣，我马瘏(tú)矣，
我仆痡(pū)矣，云何吁矣！

——《诗经·周南·卷耳》

1

如果生活不是要用它的苦难将你折磨致死，而是以赦免的姿态将你抛掷在随便哪条大路上，你将何去何从?

有时候，我们活在这世界上，却提不起精神去爱这个世界。因为生活，有时像花园，有时却像垃圾场。

常常是，我们年轻得像一根刚刚出锅的油条，金黄松脆，充满朝阳的质感，但却不得不在两根筷子般的规则挟持下，去面对老豆腐一般的苍老生活，并接受它的审视与捆缚。

如果年轻的你不得不将自己所面对的生活视作法庭和监狱，受其审判，遭其监禁，你肯定不会爱上它。但与生活的审判和监禁相比，更可恨的是这样的生活常常会以恼人的傲慢姿态将你“赦免”。就如同一纸毕业证书，将你赦免出大学的围墙之外，让你一身自由地接受社会的“再教育”。

被生活“赦免”在空荡荡的大路上，比被放逐到鸟不拉屎的荒岛，更能使人领受孤独。放逐于荒岛，尚有对一叶白帆的期待，而赦免于大路，则让人在千帆过尽皆不是之后，只能收获深浓的怅然若失。就像电影《荒岛余生》中抱着一颗排球历尽劫波，重回人间后却只能站立在十字路口不知所之的汤姆·汉克斯。

生活的大路，与你无关时似乎通向无限的可能，但它唯独不通向你的梦、你的家、你的人。就像汤姆·汉克斯在电影中所爱的未婚妻，已经成为别人的娇妻。他只能形单影只，永世做一个游荡的人，在大路上，看车来车往，春去春来。

这样的人，这样的状态，在古老的《诗经》里叫"寘彼周行"。"寘"便是"置"，就是在一张网之下伸直被捆缚的身体，但你还来不及庆幸自己伸直的肉体，就会感觉自己的灵魂已飘如轻烟，正融于旷世的虚无。

如果我们是上帝的玩具，那么最可悲的可能还不是作为提线木偶，而是作为弃置在一旁的布娃娃，被遗忘，被忽视，被束之高阁。

青铜般高贵而威严的西周，大路纵横交错，宽广无垠，浑如捕兽之网。在这样的路网之下，游荡着无数的孤魂。他们有的是军队行列里机械地挪动脚步的士兵，有的是苦役队中负重而行的夫役，有的则是亡国失家的士或作奸犯科的逃犯，抑或用一根打狗棍子对抗全世界的乞丐。

在路上，长时间被迫游荡与流离失所，使他们成为没有家乡故园，没有亲人爱人，甚至没有记忆存在的死魂灵。

但这样灵魂枯萎的生命个体，却极可能长久而顽固地存在于哪个怀念者的青春记忆之中，并成为他（她）一生的梦魇。他们时不时就会跳出来，在那些怀念者的脑腔里炸裂，让怀念者的人生狼狈而痴狂。

"嗟我怀人，寘彼周行"，这其实是来自于青春深处的一种怀念之病啊。不信你听，那周南原野上，思念成疾、将疯将乱的女子的告白。

2

这是八月的周南大地，一片被忧伤灌满的原野。山下，路旁，水滨，一丛一丛的卷耳，把它们长满刺毛的果实举在四面八方路过的风里，像一些怅惘的孩子，期待被带往远方。

周南之地的卷耳，真是一种既让人欢喜，又让人憎恶的植物啊。说起卷耳，来到原野上的人的内心是复杂而迷惘的。因为任谁也说不清究竟是由衷地喜爱它美丽的花呢，还是嫌恶它生满刺毛和倒钩的籽粒。

如果你在夏天路过，在繁花似锦的原野上，你会一眼便认出哪一种植物才是卷耳，就像在人海中，你能一眼认出爱人梳着马尾辫的背影。

卷耳绿得略略发黑的叶子像一张张肥厚而纹路清晰的手掌，幽幽地举着，将一丛一丛的小白花儿托在你面前。如果你被这洁白如雪的花儿所吸引，带着一丝怜爱蹲下身来，会发现这真可谓是“十全十美”的花儿啊——围绕它淡黄微绿的花蕊，竟开出十片花瓣来，十片，一片不多，也一片不少。这些花瓣两两相依结连理，在花萼上形成如银似玉的五簇。

卷耳花蹲坐在原野的心脏里，像周南美丽的姑娘，也像姑娘们内心满漾的思念，风一吹，就向着远方微微地颤动，像招手，也像呼唤，并期待回应。

但你难以想象，这样美丽的花儿，会在时光的风雨中渐渐蜕变出如此丑陋的果实。当你在几番雷雨、几阵西风之后的深秋时节来到同一片原野，在你曾经为花儿心动之地，在同一株植物身上，你看到的却是一片片叠加起来的灰黄。你如果冒险抵近，会看到这一粒一粒如枣核，又如老鼠屎似的卷耳子。它们通体生刺，像一群首尾相连倒立在一起的微型刺猬，而在它的尖头上，则生着讨厌的倒钩。它就那样站在原野上觊觎着你的经过，并随时会沾惹在你和你的马儿身上，让你带着病毒一般的它播散到远方。

卷耳，便是这般美丽如玉，又这般令人嫌恶如鼠的植物。周南的智者们说，卷耳其实就像怀念，在绚烂的花季，怀念远方的人儿，你的内心是多么美丽而甜蜜啊，而在时光中衰朽生疾后，怀念又像果心里的虫子，是多么令人发狂啊。但周南的医师们说，卷耳无美丑，它只是一味良药。如果在深秋时节，把原野上的卷耳采摘回来，全草皆可入药，这味药便是苍耳。皱纹深深的周南良医们认为，苍耳入肝经，祛风邪，散热，解毒，杀虫，止痛，明目，敛疮疡，去瘙痒，似乎是味无所不能的神药。

而此刻正是采摘卷耳的好季节，你看，三三两两谁家女，身背浅筐采撷忙。而如果你把观照的镜头移向更广阔的背景，可能就会发现在漫山遍野的卷耳之外，西风正从地平线上吹来，而纵横交错的大路尽头，风沙正捧出一辆色彩鲜艳的豪华马车。这马车，驷马肥壮，御者雄健，一看就出自公侯豪门。在遮蔽严密的香车内，坐着一位装束俨然的贵族女子。她庄严、典雅、清秀，但眼波流转的双眸中却难掩一丝哀戚。

她长久地漠然，一任车马疾驰。但终于，忽然想起了什么似的，她伸手撩开了车帘，于是看到了那些原野上生毛挂刺、仿佛要狠狠将人蜇痛的卷耳，看到了那些背着浅筐四处采撷卷耳的少女。

“采采卷耳，不盈倾筐。”这些采啊采啊采卷耳的少女，她们为何总也采不满那背后浅浅的筐子呢？难道，她们也像我一样，会时常出神地想念一个远方的人？而在时光中采集的怀念，却始终填不满记忆的筐子。

啊呀，我心里装着的爱人啊，此刻你在何处？是在那高高的山巅，还是在浩渺的水滨，抑或在这走也走不完、望也望不到头的大路上？

爱人，你是否如我所愿，依然完好而康健地活在这个世界的某处？是否如我所愿，就在此刻我所奔向你的那个地方，等着与我重逢？我的爱人，自从命运以赦免的姿态将你抛掷，自从你从我身边消失，我如花似玉的内心便因浓黑如铁的思念而丑陋如斯，正像此刻一身尖刺的卷耳子，要用尽一切力量，想尽一切攀附沾惹的办法，去远方，不是为了生根，而是为了在那一阵陌生的风中，重新与你相逢。

遇见你，我的爱人，我的君子，我便能重返如花似玉的前生。

你是在那山冈上吧？爱人，你一定在那山的背后与日月星辰同在。那山有多险峻，我寻你的心便有多炽烈。

我登上了那巨石充斥的土山，但你不在啊爱人！我孤身一人和我的马儿瘫软在这绝顶上。

我又登上了那黑森森的高冈，但你不在啊爱人！我和我的马儿在深夜里迷失了方向。

我再一次，登上了寸草不生的石山啊，你仍然不在啊我的爱人！我和我的马儿一起在西风里病入膏肓。连我雄健的御者、我最忠心的仆人也在陪伴我的寻找中累得奄奄一息。

爱人，我跋山涉水而来，这疯狂是因对你的怀念而生。我的怀念却因这一次一次的空茫而愈加深浓。当我每一次被人从山顶抬下来，抬过月光拂照的旷野，抬过那一丛丛毛茸茸的卷耳，我都能感到，这植物上盛满毛刺与倒钩的每一粒，都是我因怀念而水深火热的心。

我不知所踪的爱人呐，在卷耳丛中，我想告诉你的是：

“永不重逢的怀念是一种毒，一种温柔而绵绵不绝的刑罚，令我生不如死却又欲罢不能的瘾。”

回到家中，我郁郁不乐，昏睡成痴。家中的乐师告诉我说，酒是欢伯，可以除烦忧、生喜乐，劝我不妨一亲旨酒。

家中多美酒，多美器，我命人抬出了父亲留下的金罍与兕觥，用宫廷赏赐的美酒注满这些华贵而空虚的酒器。

我不知所踪的爱人啊，让我以另一种醉生梦死的方式与你在梦中相约，让我从青铜饰金的罍缸中斟酒入觞，像传说中的帝尧那样饮酒千盅，来浇灌我狼烟四起的愁肠。只有醉得不省人事，我才可以暂时忘却想你。

让我从装饰有弯曲兽首的兕觥中斟酒入觞，在一杯杯的狂饮中跌入不醒之梦，唯愿天上的酒星照亮我的爱人，他啊，睡在这个世界上最黑的地方。

哎。我不愿醒来，不愿醒来，因为醒来的木头有多清醒，忧伤的锯齿便有多锋利！让我沉睡如黑暗中的树！

3

《周南·卷耳》是一个女子的情感独白，但也有人说它是一男一女隔山隔水、此起彼落的合唱。它或许是我国诗歌史上第一首具备微电影台词风格与蒙太奇色彩的抒情诗。而除此之外，我们必须明白的是，有史以来第一次，它同时开创出中国诗歌登高怀人与借酒消愁这两大永恒的主题。

古代中国，有极为发达的诗歌传统，也有极为发达的饮酒传统。但似乎直到《卷耳》，酒才第一次进入诗歌。诗酒交融，从此成为孪生兄弟，结下了不解之缘。

而当我们跳出这首诗的文学史意义，重新回到诗的内部观照它的文本，或可发现更有意味的东西。

就像远古的三峡已然隐遁在蓄水线之下，古老的怀念之珠正在当代生活的沙滩上渐渐消失。就像神圣性正从一切事物之上消退，明亮的怀念之光也正全面撤出当代青年的情感世界。

一个活在智能手机即时通信软件里的当代青年，是不太可能领略“怀念”的丰厚滋味的。因为在他那里，对一个人的喜欢或者厌弃，铭记或者遗忘，以及对一份感情的忠诚或者背叛，都可能是一瞬间便完成的事。在这一瞬与下一瞬之间，情义轻薄如纸，怀念几无立锥。

人皆说信什么别信爱情。这可能是我们这个不信的时代里唯一被大多数青年男女相信的意识形态。而我同样也是一个不信者，比如：我不相信王菲会怀念李亚鹏，也不相信默多克会怀念邓文迪，更不相信在媒体抢头条的各路恋爱明星，在若干时段的情变婚变之后，还懂得彼此怀念。

怀念是明亮的黑暗，是甜蜜的忧伤，是温柔的刑罚。上古时代的无名诗人真是天才，竟然如此慧眼独具地从宇宙万物间择取了卷耳，这种既如花似玉又生毛长刺的植物，来象征人世间最甜也最苦的怀念。

这首《周南·卷耳》的意义，便在于它提供了一扇明亮而清晰的窗子，让脑袋拱在手机里猎艳偷情的当代青年看到了上古时代有情人的怀念写真。

但我不得不说，这扇明亮的窗子呈现的内部，是一幅黑沉沉的情感图景。它裸露并撕裂给人看的，不是怀念之情的光与热，不是能够让人热泪盈眶、油然感动的部分，而恰是黑暗如铁令人触目惊心的怀念困境——有情人空有怀念却难以重逢、没有出路、无以救赎的困境。这首黑暗之诗，就像一个毫不留情的男人，一把将你对怀念的希望推下了深渊。

作为读者，无论午夜还是黎明，我每读它一遍，眼前就黑一分，心里便重一层。但我依然无比热爱这首诗，因为它是如此清晰地呈现了怀念庞大的力量感，以及青春深陷于怀念时深浓的忧伤、疯狂的执着、无限制的沉溺并最终被吞噬的所有黑暗细节。

《卷耳》是一封写给所有心有所怀者的信。所有青春皆有所怀，所怀者，可以是一个人，也可以是一个梦。但这封信提请你注意：守护好你的人，抱持紧你的梦，因为错失的便不会重逢，怀念也多成虚空，而自我的拯救之路往往却渺无尽头。

是的，有时一个去了远方的人，一个去了远方的梦，会如此这般地种在你的记忆里，像早年胳膊上种下的一颗牛痘，成为你难以消除的一个疤。像一个甜蜜而疯狂的梦魇，你的一生，便是不断从其中醒来，再一次次跌进去，无力解脱，难以自拔。这就像诗里遥远的西周，对一个远人的怀念成了一个女子全部生活里的不可承受之轻。这团轻飘飘的乌云无时无刻不浓郁地折磨着她，以致她必须一次次把自己放逐到空无一人的旷野和不胜寒凉的巅峰，或者干脆沉醉在酒之醉乡，方可暂时脱下怀念那沉重的铁衣。

令人悲观的是，终极的救赎似乎是难得圆满的。就像诗中的女子，选择了登高和纵酒两条救赎之路。但登高，似乎只能增加孤独的海拔却无以解决给孤独供暖并提供出路的问题。而纵酒，或可暂时忘忧，却让人更加不敢醒来，不敢面对，不敢继续活着。

“而从来赞美升起自死亡的幽谷，从来信心降落在空无一人的旷野。”在没有路的地方，我们或者还可以回到最初的源头。面对怀念的黑暗困境，面对命运患有多动症的恶作剧之手，一切心有所怀者，皆应懂得珍惜，懂得赞美，懂得紧紧守护所爱之人，所爱之梦，并让爱在成为“怀念”之前，得以完成。

梅的青春变奏

摽(biào)有梅，其实七兮。
求我庶士，迨(dài)其吉兮。

摽有梅，其实三兮。
求我庶士，迨其今兮。

摽有梅，顷筐塈(jì)之。
求我庶士，迨其谓之。

——《诗经 · 召南 · 摽有梅》

1

梅，太美，太早，太凛然，太神秘，她几乎就是春天在冬天的冰雪怀抱中苏醒时，从睫毛后撩开的第一轮眼波，明丽如电，暗香如袭，睹之如惊。以至于人们不能等闲视之，以至于慵懒的人们尚没有足够的心理准备，她就倏忽而逝在匆匆那年的春光里。

梅，是对人之生命的一朵催唤，是对沉睡者的一枝惊醒。她呼唤早起者要更加早起，她提醒赴约晚到的人，若不及时，必将错失。

梅，不是自然送至眼前让你签收插瓶装点沉闷与无聊的闲花俗草，梅坐在冬春时节清清白白的自然里，倚在冰雪初融的河水边、小桥侧，疏枝寒香，它需要你去探，去访，去问。

梅，太高贵，太矜持，太自重，太把自己来到世界当一回大事。以至于你去探寻她的芳踪，访问她的香影时，她仍要向你提出一连串的宜与不宜。

她用自己的含苞欲放提醒你最好在惊蛰前后十日去探访她，而你去时要看天，要待时，要配备一系列清雅的外挂与附件。她托梦给一个叫张功甫的宋朝人，让他告诉世界，探梅寻芳要注意二十六宜：淡云，晓日，薄寒，细雨，轻烟，佳月，夕阳，微雪，晚霞，珍禽，孤鹤，清溪，小桥，竹边，松下，明窗，疏篱，苍崖，绿苔，铜瓶，纸帐，林间吹笛，膝下横琴，石枰下棋，扫雪煎茶，美人淡妆簪戴。

只有天时地利人和如此配合，齐来侍奉，她才幽幽开给你看，用五瓣的小嘴对你轻轻一笑。

但这又真的值得。因为一个男人一旦如此寻梅，他就会终生以梅为妻，并生一只白鹤作为儿子。他的一生将洁净无比，流芳后世。

梅花真是太好，以至于我们经常忘记，她不仅仅是花，还是果的前生。这就像我们面对一个纯洁明艳的女孩，常常只将她视作一个娇嫩的尤物，而总是忘记，或者根本不愿意去想，在未来时，她还将是一个别人的妻子，别人的母亲以及祖母。以至于我们常常就将梅的花朵当作她生命的终极存在，而忽视梅开五瓣只是一个过程，而果实才是她生命的终极价值和最终归宿。

虽有青梅煮酒，虽有望梅止渴，但梅作为果实，似乎从来只是配角，从来都不被中国古人重而视之，珍而藏之，反倒总将她与酸相连，好像她绚烂一生到头来，就只能为人生津止渴。或者说，梅一旦脱离她过分美好的花期，一旦从早春花事中剥落，就立刻堕于平庸。

但她仍然是树上安稳的果，怀着花的前生走向人间四月以及更晚的日子。就像著名的小凤仙在如梦繁华过后，仍然要作为一个干净明快的保姆，在厨台井畔度过漫长平淡而卑微的人世岁月。京华烟云，都只作红尘旧梦，英雄蔡锷权作梦里跌落的一枚银钗。

到了四月，百花像春日舞会上晚到的轻薄女子，纷纷摆荡她们姹紫嫣红的衣裙，而青春忽逝的梅子却正在漫长的雨季里日渐成熟。在长江两岸温热而潮湿的雨雾中，这些梅子需要及时采摘，而那些来不及或者说没有等待到适合的手采摘的梅子，就会被暖风摇落，被淫雨腐蚀。

而一旦腐蚀，梅，就成了霉，就成了人所厌弃的不洁不祥之物，恰如捐了门槛也无神灵来助的祥林嫂。

观照作为花与果的梅的命运差异，让我迅速想到了女子的爱情与婚姻、青春与后青春的人生福祸。《小时代》里说："好看的人才有青春。"这话对女子来说可能更为贴切，但却并不全面。全面的概括似乎是，即使好看的人也终将有不好看的时候。这就会让一个女子在好看时的爱情太早，太美，太突兀，太沉溺，而不好看时的婚姻与后半生太苦涩，太凉薄，太无法忍受。而生为女子，其实是需要婚姻来作为人生正剧的。而多少人，在一个花事的爱情开场中，透支了一生。

从这个象征的意义上说，桃是晚熟而幸福的女子，而梅却是早放而不幸的女子。桃是薛宝钗，而梅是林黛玉，抑或秦可卿。

三丈梅花树上留下的无人采摘的梅，究竟该怎样面对她们后青春的命运？

在《诗经》里，我听到了青春悄悄滑落并崩裂的声音，听到了来自梅子内核里对时间的恐惧。

2

时光是速朽的。韶华缕缕，梅花谢了，梅子也落了。而大地就像命运的筐子，冷漠地接纳着这一切，不言不语。

所谓“摽梅”，就是过度成熟却不及时采摘，因而被风雨扫落在地的落梅。梅子，是女子后青春的象征，一棵花枝招展继而果实累累的梅树，需要一只爱情之手的及时采摘。就像我们大多数人的人生，需要在最好的时候去做最适合、最幸福的事。

可诗里的这棵梅，以及梅子象征的这个美丽的姑娘，却一再错过了与最美时光的约会。她也有万人惊艳的如花青春时节，也曾有闻香慕名寻来的知音在她身边鸣琴吹笛，求她托付终身，但也许是尚有未了未明的心事，也许是还有过于完美的期待，所以她迟迟不肯披上嫁衣，终于没有在花谢之前将自己成功地嫁出去。当晚生于她的百花开始招展时，她已不再年轻。她像一个睡醒的后青春女了，不忍面对树下卿卿我我的恋人。她不得不高傲地坐在她的树上，继续孤独生长，任体内的汁液悄悄结实，膨胀，渐趋成熟。她树上的果实，她残存的好时光，始有七成，慢慢地就随风掉落了许多，她略略老了，眼角已有鱼尾纹，青春容颜只剩三成，若仍不采摘、不珍惜的话，落在地上即将腐坏的梅子就只能倾筐廉价送人了。

这是一幅令人伤感的画卷，也是一个后青春时代女子的心灵变奏。她已经清楚自己的命运，但她仍然说服不了自己的内在期许，她坐在时光的树上自弹自唱，但仍免不了对好爱情与好婚姻的疯狂幻想。她热烈地对树下经行的男子唱着热烈的歌，带我走吧，带我走吧，带我去天涯。就像20世纪最伟大的绘本作家谢尔·希尔弗斯坦的漫画作品《失落的一角遇见大圆满》里那块尖锐的小石头——“失落的一角”，她期待被另一颗安稳的石头带走，到任何快乐的远方。也正像赵薇导演的《致我们终将逝去的青春》里的玉面小飞龙郑薇，在青春热烈而不幸的爱情过后，对曾经的初恋情人林静说：“不管你的房间里是不是有人，我都要进去。求你了，和我结婚吧！”

这已几近于乞求，几近于卑贱，但即便如此，这些后青春时代里的女郎们仍然难遇她们命运中的“吉士”与佳缘。就像郑薇最终在大山大河中坐着拉玉米的卡车蜿蜒而去，重新回到初恋岁月的海洋馆里，回忆当年她一脸灿烂地抚摸那只海豚时的尖叫与来自爱情的幸福。就像郑薇的闺蜜，那个来自黄果树瀑布的美丽布依族女子，在穿上婚纱前的一天，为了赶一场和初恋情人的音乐会而突遭车祸香消玉殒。仅仅是因为，青春过于难舍，她毅然以“令所有爱她的人恨她”的方式押上了后青春的一生。

她将自己封存进不朽的青春里，就像一树后青春的摽梅，恨不能将自己封存进一枝早春含苞的梅朵。

3

《摽有梅》是一首“致我们终将腐朽的青春”的诗，是一首“诗经时代”里的剩女之歌，充满急切的伤感，热烈的企盼以及因之而生的过分亲昵，以致旧眼光的学究对之大跌眼镜，惊呼这怎么可能！他们说，一个女子待嫁，为什么不用“桃”而偏用“梅”，为什么不用“梅花”而用“梅子”。寻求夫婿为什么不叫“吉士”而叫“庶士”，她怎么敢这样不顾羞耻而几近于丑？她怎么还敢不通过媒妁就自己大喊大叫地求婚觅婿？这真的可能吗？

这怎么不可能呢！一个滑过了青春错过了好时候的女郎的心思，岂是满肚子破烂儿的腐儒所能领会？

我们必须看清楚的是，满地的落梅正如倾泻一地的年华已不可收拾。枝头青春，七兮三兮日日稀少，到贱卖的年头真就迟了。哪个女子愿意像老得掉牙的梅子那样“倾筐”白白送人啊！一切价值都是有保鲜期的。美好之物更要惜时，每一秒青春年华都以克拉计！

香港导演王家卫在电影《重庆森林》里借编号223的小警察阿武之口说：“这个世界上的一切东西，都是会过期的。”而那个偶然相遇并爱上了阿武的金发女子虽然在生日祝福留言里说：“这一刻是不会过期的，如果要加一个期限的话，我想是，一万年。”但这并不可能，因为在甜蜜夜晚过后的第二天，她和她的爱情就被人打死在了一座楼里。

《摽有梅》是唱给在时间里沉睡的女郎的歌。它告诫我们，作为经行于时光的生物，切莫与时间搞价，在年华的菜市场里搞价者必将输得彻底。这才是最大的伤感。但，凡是过于绚烂的青春，无不充满很大的自我，无不披挂过大的虚荣，以及待价而沽的期许。而在自我虚荣的摇摇晃晃中，最美的时光移过了青春日晷的最后一刻，到来的，是绝望的黄昏。

青春太美，爱情太早，自我太大，有时真不是什么好事。但，如果连青春都不美了，如果连爱情都不早早来了，如果连自己都不把自己当人了，生命还会精彩么？世界还会拿你当人物么？这，或许才是最大的无奈。

我将这种青春与后青春的冲突与无奈，命名为“梅的心灵变奏”。

爱的青春不等式

彼采葛兮，一日不见，
如三月兮。

彼采萧兮，一日不见，
如三秋兮。

彼采艾兮，一日不见，
如三岁兮。

——《诗经·王风·采葛》

1

在西方，花儿是会说话的。每一朵花都是一张开启的口，它们有自己无声而多姿多彩的语言。所谓“花朵即是词语，词语即是花朵”。

或者说，是人利用花朵，创造了“花语”——一套隐秘的话语系统。比如，当菖兰出现在一个男子送给女子的花束中，则意味着有一场约会要悄悄进行，而居于花束中央的粉红或橘黄色菖兰的数目，则暗示着这场约会具体的时间。而花束中除菖兰外如果还出现罂粟的话，则是对约会的时间做出更加清晰而明确的补充。

如果一个男子送给一个女子一束红色或者粉色的山茶花，花朵就会说：“我觉得你最美，我因你的美感到骄傲。”如果他送她一束白色的铁线莲，花朵就会说：“我渴望触摸你。”而如果送去的是一束紫罗兰，那就意味着隐秘的爱，花朵会说：“我愈加热烈地爱你!”

这绝非语言的偶然，因为每一种花，其实都是一个特定的语言密码。我可以轻松地举出更多。比如，白色或粉色的刺槐，是要说出渴望与快乐；红棕色的鸡冠花，是要说出持续的爱以及什么都不能使我放弃你；蓝色或者粉色的杜鹃，是要说出爱与被爱的幸福；虞美人，是要说出让我们更早相爱；含羞草，是要说出没有人知道我爱你；各种颜色的郁金香，都是要说出内心爱的表白。蓬松而美妙的山萝卜，却是要说出深藏的忧伤。

玫瑰的语言最为丰富，它既是爱情的叹息，也是爱情的誓言，是殷情，也是爱的激越与亢奋。所以大诗人里尔克会把玫瑰看作自己的化身，并把它们镌刻在自己的墓碑上。

在西方，当一个男子背靠花园，他便拥有了一套隐秘的爱的密码。而他心中的那个女子，则拥有了一本爱的字典。她只需坐在窗子前，翻阅那一朵一朵的花，就可查知她情人具体而微妙的心事。即使不相见，也好像那个人就在耳边低语，亲密，温馨，我侬你侬。

而在我们东方，花儿却是美丽的哑巴。或者说，它们是热烈开口呼喊的一群，有和声，有群唱，却没有一朵跳出来，静静地说出独特的自己。比如梅兰竹菊，也各有所代，各有所言，但是，我们却听不出一朵具体的梅，一朵具体的菊，一竿具体的竹，在诉说它自己隐秘而独特的什么。

“桃李不言，下自成蹊。”中国的花儿们不说话，前来猜谜的人却踩出了他们自己的心路。

在我们古老的中国，花儿们不单独地跳起来说话，但并不代表大地是死寂的。我们躬耕于草木之间的先民，吟咏于花间草丛中的诗人，同样赋予植物以意义。这些加诸于植物身上的中国式意义，磅礴，含混，模糊，缺乏理性的清晰边界，但更能惹起人无边无际的联想。

比如，当我们言及葛蔓，说起艾蒿。我们就不仅仅是在说起两种多年生草本植物，而是涉及我们心中盘结而难以尽诉的隐秘——思念，牵系，纠结，烦恼，冷寂以及美的死灭。

当某一天，我没来由地重读《诗经·王风·采葛》，这一首不具体而徒咏叹的诗，却突然让我在两种中国式植物身上，窥见了“诗经时代”撕心裂肺的悲苦。它来自因被割裂而剧痛的青春喉咙。

那沉痛的叹息一般的悲吟，飘到了空中，又落到了植物身上。如霜，亦如灰，供我们后人凝视。

2

在“诗经时代”，葛，是让中国人感到无比亲近的一种植物。它之于人的情感，甚至可以用贴心贴肉来形容。当人说起“葛”，他想到的可能不只是大地上那种花开紫色、块茎肥大、果实长圆的蔓生草本植物，而是与自己肌肤相亲的衣裳。

葛，絺绤（吃系）草也。在用以纺线织布的棉花被引进并大面积种植之前，漫山遍野的葛藤被人们割取回家，剥下的茎皮纤维经过蒸煮即可用来织布。葛布依工艺不同，可粗亦可细。细葛布称“絺”，粗葛布称“绤”。“冬羔裘，夏葛衣”，在漫长而炎热的夏季，葛布衣都使人清爽而惬意。而无论粗还是细，它都让人喜爱。所谓

“为絺为绤，服之无斁”。

葛，有着长而四处攀爬的藤蔓，有着密密层层的叶子。当一个女子看到山野沟谷丛生的葛，当她为制衣造纸而割取这种植物时，它们互相牵系与纠结在一处的藤蔓，难免让人将自己内心的思念延伸至远方的某个人身上。而一个穿葛衣的男子，在远离家乡的某处山野，面对四处延伸开去的葛藤，也会油然念起那个为自己采葛制衣的伊人。

这个远方的人儿无疑是美好的。但她究竟有多美好呢？思念她的男子并没有用富有色彩的语言去画一幅细致入微的工笔肖像。他只从反面说出了因见不到这个女子而使自己蒙受的生命损失——面对苍茫的远方，面对阻隔的关山，他喃喃念出了惊心动魄的八个字：“一日不见，如隔三月。”

——每个男子的眼中，他心仪的女子都是一轮满月，圆满，丰润，洁白，明亮，朗照他的内心。

从一次月满，到下一次月满，物理性的时间为29.5天，而我见不到你的每一天，我内心的月亮都是不圆满的，都是亏缺的，都是黯淡的。一日不见，我们之间便相隔了90个黯淡的日子啊。

我一日见不到你，月亮在我心中便已亏缺了三次，我内心的残缺便已重复了九十回。而自上次分别至今，有多少日了啊，我的内心在黑暗中疼痛了多少回啊！

这分别，这有情却不能相见，真可谓生命的大疼痛！但这竟然还远远不够！当穿着夏天葛布衣服的男子，在远别情人的日子里，孤单地从夏天走到秋天，当他看到山野丛生的萧，当他听到蟋蟀振动羽翅发出暗夜的鸣响时，在萧瑟的秋风中，他对她的思念便更加深重而绵长。

萧，即艾蒿也。但作为“诗经时代”的植物，当一个男子意味深长地言及“萧”，他不仅仅是在讲这种叶厚花黄、异香四溢，燃之可驱蚊蝇的多年生草本植物，他更多想说的是内心的冷落、寂寞与凄凉。所谓“蚊蚋归丰草，枯叶散萧林”。

此时，别离情人已久的男子，可能正经过某个异乡的村落，盛大的秋天，使村外的庄稼一片焦黄。黄昏时分，村墟艾烟四起，游子不由得想起了家乡的爱人。

亲爱的，你也曾与我一起在故乡的原野上采集艾草啊。我们也曾一起在门扉外、院落中点燃艾草，驱散那秋日的蚊虫，一起坐在月下的台阶上，倾听蟋蟀的歌唱。如今，又是一个庄稼成熟、丰收在望的秋天，而在每一个因远别而无法见到你的日子，我的内心却是一片接一片的荒芜。

亲爱的，你是否能听见我此刻的呼喊：“一日不见，如隔三秋。”——一日不见，我的内心便已歉收三年！

这是多么深情又多么沉重而绝望的呼号。

爱的圆满即是丰收。爱的隔离即是饥馑。这是《诗经》对中国式爱情的定义。而《诗经》之所以常常没来由地提起“艾”，我总觉得正是因为“艾”即“爱”啊！

——艾，冰台也。本意为艾蒿，引申指艾蒿一样的绿色，又引申指美好、美丽的人儿。我的爱，正是那个美不胜收的采集艾草的女子啊。

为我采集艾草为我点燃艾烟为我驱散蚊蝇的亲爱的人啊，此刻你在哪里？此刻，面对异乡绿色的艾草，我想起了你青春美丽的脸庞，而无法见到你的每一天，我都像在绝望中度过了漫长的三年。

不，不能与你相见的每一天，我都在万念俱灰中死亡三次，又重新复活。

复活，是为了重新想你。想我们重新相见的那一天。

3

在那青春的爱情里，我发现了诸多荒唐却合理的不等式。

比如，有深情的男子，为了凌晨时分的一吻，宁可整整一夜跋涉，赶到他情人的门前，一吻即返。这一夜，他要翻五座大山，趟三条大河，来回路程上百里。但，爱情中的他，却觉得那一吻甜蜜的重量，要远远大于一夜的辛苦与艰险。他为此乐而不疲。

比如，有痴情的女子，为了与情人匆匆的一面，宁可违拗父见，背叛母亲，抛却家族财富的继承权，放弃贵族女子的一切尊荣与礼仪，甘冒社会舆论的明枪暗箭以及未来生活的颠沛流离。在这与情人的一次相见中，她可能失却的是一个女子一生的安定与名声，但，爱情中的她，却觉得那一见的精神富有，远胜于一切的物质。她为此甘之如饴。

此刻，我不禁想起了泰坦尼克号沉没时在冰水中最后深情凝视爱人的杰克，想起了大水漫漫而来时不惜抱柱而死也要等待情人前来赴约的尾生。

为了常人眼里一次可以忽略不计的艳遇，一次可以一笑而过的约会，他们宁可放弃自我整整的一生。

而在他们眼里、心中，在青春爱情不等式的一侧牺牲掉一次生命与整个未来，却是一种莫大的幸福。这仅仅是因为——他们相信，自己已经在短短的年华中圆满实现了理想中的“见”。

“见”，不仅仅是看见，而是把此岸的自己，永远留存在彼岸的对方心里。就像一道一闪即死的闪电，永远留存在它照亮的一朵花的心里。而那朵美丽的花，也将为了迎接以及迎接过一道闪电的照亮，而甘愿等待并独自开放一整个春天的花期。拥抱着闪电，她是完美、自洽而幸福的。

在青春爱情中，“见”，就是圆满，就是明亮，就是十五的月，就是丰收，就是金黄，就是成熟的秋天，就是完成，就是希望，就是永生延续下去的年轮。

但如果不见呢？如果不能见呢？那便是亏欠，便是黑暗，便是荒芜，便是饥馑，便是寂灭与无望。

在这里，我们可以通过时间的视角发现青春爱情中这个让人惊讶无比的不等式。你看，一日不见，就如禁闭三月，三秋，三岁。也就是说，青春爱情中不相见的一个白日，便等于黑暗、孤独、烦躁、饥饿、无望的三月、三年乃至永生。从物理时间上讲，这是荒唐的，但从爱情心理学上讲，这又是多么切实而合理啊。

这一个不等式，其实是用否定的方式，用一个黑暗的反面，来反证它所肯定的正面的光明与富足。既然不相见是如此苦如黄连、暗如地狱，那么，“见”便一定甘如蜜糖、明如天堂。青春爱情中一天的相见、厮守，便等于生命中平平淡淡的三月、三年，乃至三次生命啊！

需要多高浓度的爱，才能生发出如此强烈的咏叹。而竟然有人说，《采葛》是一首叙写友谊的诗歌，真是荒谬！请问人世间什么样的友谊，能让你见一天，便甘愿死上三遍？

只能是爱情，而且是至爱中的人，才能怀抱着这一严重失衡的青春不等式而如获至宝。

而从来“人生不相见，动如参与商”，从来过于完美的爱情都朝不保夕。今夜一相见，明日即永诀。多少鸡鸣时分匆匆离别的爱情，一挥手便成前生如梦往事。

在古典的中国青春爱情故事中，有一种爱叫一见倾情。还有一种爱，叫一日不见，如隔三秋。而后者是在过于甜蜜的爱情进行时想到永诀的恐惧，就像青春的我们在面对美丽的花朵时，常常没来由地想到枯萎与死亡。为了这爱能长久而常新地“活下去”，这相爱的两个人会加倍地珍惜彼此，并把他们相爱相聚的每一日，都当作三月、三年那样地去拥抱。

在古代中国，在“一日不见，如隔三秋”式的爱情中，人们便是这般高浓度地沉浸在自己的爱情里。而在我们这个爱情已经极度稀薄的时代，在青春除了狗与酒之外常常空无一物的人间，当你偶然说起“一日不见，如隔三秋”，肯定是会被人嘲笑的。他们会视你为矫情装酸无下限，然后送你一顶“刻奇”的帽子。

在一个不能领会“一日不见，如隔三秋”这种大悲情、大甜蜜的时代里，怀抱深情的人是可悲可笑的。但也正因为此，我们才更强烈地呼唤一个能让“一日不见，如隔三秋”式的爱彰显其意义的真情年代，能在迷路的欲望丛林中，拐个弯就回来。

青春局部的苍凉

南有乔木，不可休思。
汉有游女，不可求思。
汉之广矣，不可泳思。
江之永矣，不可方思。

翘翘错薪，言刈(yì)其楚。
之子于归，言秣其马。
汉之广矣，不可泳思。
江之永矣，不可方思。

翘翘错薪，言刈其蒌(lóu)。
之子于归，言秣其驹。
汉之广矣，不可泳思。
江之永矣，不可方思。

——《诗经·周南·汉广》

1

我的一个年轻的诗人朋友后来常常对着一双白色高跟鞋流泪。这是因为，当他终于在这个城市租到一所相对宽绰的房子，准备与相爱数年的女友从他们蜗居的城中村搬进去成婚时，那个女孩就像你读到此时已经想到的那样，转身消失了，消失在她自己所设想的幸福人生中。

但可能与你此时想到的稍微不同的是，在转身走掉之前，她为我的诗人朋友细心打包好了需要搬迁的一切，连她自己的东西也若无其事地搬进了那所她后来没有住过一天的房子，然后在诗人出门的时候，她和她自己的东西一起，迅速搬进了另一个男人为她准备的大房子，只留下那双床底下的高跟鞋，不知是有意还是无意，总之那双鞋成为我朋友青春爱情里的唯一遗物。

有人说，一个孩子在丢失自己第一件心爱的玩具时便已老了。而我的朋友，在抱着那双鞋涕泗滂沱却无可奈何的时候，他的青春就已戛然而止。

城市的月亮常常从五楼窗户里照进来，照到我朋友一段时间里特意摆放在床头的高跟鞋上。在诗里，他凭吊那双鞋，将那叫作月亮下“局部的苍凉”。一年后，青年诗人离开了这座令他伤心的北方城市，和他的诗歌一起远走他乡。他后来在大西南的一座清幽的寺庙里找到了自己的归宿。忘掉略显狼狈的青春和痛哭流涕的爱情，在僧人和佛像之间，誊写古碑，涵泳诗歌，养育他所谓的“本心”。

但在我看来，他是在用隐居来对抗这个令他惶惑并承受不起的时代。作为一个没有任何背景和资源可以依靠的底层青年、一个从乡村闯入城市用文字卖力打工取暖糊口的小人物、一个不愿纵身跳进物质泥淖而永远保持着灵魂清洁的青年，他在这个消费主义横行的时代找不到自己的存在感，甚至养不活他卑微的爱情与渺茫的婚姻。他只能掉头退却，退居到自己颤抖的内心深处。

这对我是一个强大的刺激，他悄然隐去的背影就像一个寓言，让我看到青春在这个资本为王的时代里的挫败与仓皇。而每一具如此受伤的青春，都是这个时代里具体的局部苍凉，它们一起构成了大时代镀金表面下灰色的伤心史。

青春，总是在对自己所爱之物的遥望中发现自身的局限性。或者说，凝聚你全部爱慕与深情的美好之物——你的爱人，你的事业，或者你钟情已久的某种理想，常常让你看到自己无力抵达的窘境。在你和你想要迎娶的、实现的、完成的对象之间，总是有一条你无法逾越的深渊。它同时又像一块巨大的滚石，压抑着你，损害着你，羞辱着你，而被压在下面的你，即使用尽全部力量也无法完成对这庞然大物的逆袭。

这样的青春挫败感，这样“局部的苍凉”并不是我们这个时代的精神特产，在遥远的“诗经时代”，一个江岸上砍柴刈草的青年，在面对他无力企求的爱人时就曾发出过类似的浩叹。

2

两年前在长江边上，我发现了一个黄昏里撒网捕鱼的人。他在江桥下撒开一张因吸引了隐约的灯光而闪闪发亮的渔网，打上了一网又一网趁着晚潮前来江边觅食的小鱼。坐下来休息时，他告诉我说，他是从外省山里来的，现在江边的山上养护林木。

烟头的一点红火映着他年轻而苍茫的面孔，面前是浩阔的长江，我不知道休憩中的他究竟在想些什么。但我突然想到的却是《诗经》里江汉边上那个怅然若失、对水兴叹的樵夫。

年轻魁伟的樵夫背插利斧足蹬芒鞋腰缠一条麻绳，就这样从我想象的崎岖山道上走来。在这个艳阳高照的午后，他是前来砍伐荆条做柴、割取蒿草喂马的。向我们走来时，樵夫英俊的脸上堆积着忧郁的愁容，为什么呢，因为他所爱恋的那个小姐将要出嫁了。而她所嫁之人却并不是他。

当"诗经时代"的樵夫爱上富贵小姐，就像我们这个时代的屌丝爱上了白美富。绝无可能，只有惋叹。

茂盛而错杂的荆棘像此刻在他内心深处疯长的愁思。他愤怒地砍伐着它们，像砍削着自己不甘的命运。天太热了，汗水从体内涌荡出他的毛孔，额头上的汗水流进了眼眶，他猛擦了一把。眼睛生涩，就像刚刚痛哭过。他决定暂时休憩一下精疲力竭的身体。他看见山南面有棵高大雄伟的乔木，树干是可以靠一靠的。但他随即意识到那乔木实在过于高大，它的树冠投放在地上的阴凉因为过高的落差而只是小小一片，难以为热汗蒸腾的他提供休憩之所。

这时，他失望的视野中忽然又出现了一小队车马。江风顺着水面飞来，吹拂江岸上迤逦而来的马车，车帘飘飘，隐现着车内那贵人的衣袍。那里想必要比山上清凉惬意许多吧，因为这时马车停靠在一片青草茂盛、鲜花点缀的缓坡上。一位衣裙飘飘的少女在一群男女仆人的簇拥下出现在江水边。

那显然是一个盛装冶游的贵族少女。她有着像樵夫所爱慕的那位小姐一样的长发、一样的面容与体态。但樵夫从自己这个角度看过去，这贵族女子也像那南山的乔木啊，虽然美艳，但却不是两手空空背负着柴草的自己可以追求与亲昵的。她内心想要的大概是贵族子弟的高车驷马，爱慕的是黄金美玉，吃惯的是玉食珍馐，听熟的是丝竹雅音。而自己只有这手中伐木割草的利斧，只有这两膀子力气可以挥霍，只有粗犷的喉咙还可以放声一唱。那么，就向这远处的贵族女子来一曲山讴樵唱吧。

距离，使这樵夫的胆子大了起来，这疲劳而忧愁的青年暂时忘却了辛劳与失意。他一张口就甩出了一串热烈而大胆的音符，他想用一曲热辣的情歌去撩拨那江边的女子，看她如何反应。歌声在对面的山峦上撞了几撞，又跌下来，终于远远地传到了江岸上，隐隐约约地送进了那女子的耳朵里。那女子的脸迅速地飞起了红云，她飞快地朝山上茂密的林木间看了看，然后掩了掩遮面的轻纱，转身消失在自己的香车里。车马的队伍随即启动，瞬间就隐没在江岸转折的地方。

哦，果然。这女子果然是冷若冰霜不理不睬啊。此时，樵夫的视野中只有浩浩汤汤、愁思波荡的江水，只有浩渺无际的万里烟波。啊，宽阔的汉水啊，你真是太宽了，我这么有力的臂膀也难以泅渡过你的对岸。啊，接纳了汉水的一条长江啊，你真是太长了，我即使能伐木做筏，也无法渡到你的尽头。我没有办法，我只能在江岸上徘徊瞻望，空展歌喉。这正像刚才那个姑娘，我的爱慕追不上她。这也像我所暗恋的小姐，她很快就要远嫁，就要远行到长江的另一边去了。我没有资格为她采香兰赠芍药，就让我喂好送她远行的马儿吧。马儿将用忠顺带去我对她的爱恋与倾慕。而我，是多么羡慕那匹拉着她去天涯的马儿啊。

3

周时代江汉两岸高耸的乔木，很像我们如今北上广一线城市里的豪宅巨厦，金碧辉煌、张扬霸气、极尽奢华，但那里稀有平凡人世的气息，也缺少幸福安稳的阴凉，似乎只有口衔金钥匙出生的“二代”们才有资格在玻璃楼房里铺张青春，而大多数生活在地下室和集装箱旅馆里的“蚁族”“柜族”青年，只能感受摩天大厦角落里的阴湿暗影，只能在青春暗恋与被抛弃之中体验青春的苍凉。

这就像《小时代》中出身平民里巷的少女林萧很快就对这种既“像洒了金粉一样闪耀着”又如一个阴暗怪兽一般的城市产生“不可休思”而急欲逃离的恐惧，但很快又被它一口吞没。而更多青春年少的女孩早早便被消费主义浸透，做好了待价而沽的准备。在她们看来，爱情已经不是一种用心灵去维系的情愫，而是一种用金钱支撑的交易。“你给我的信用卡透支额度就是爱情的真谛。”“LV是必需品，而爱情是奢侈品。”金钱与物质，开始成为她们衡量爱情的唯一依据。

像我的诗人朋友那样“既干净又落伍”的底层青年，在这场被消费主义改装的青春狂欢中，注定要遭遇他局部的苍凉。我突然想起了电影《致青春》里的三个青年。第一个是女大学生黎维娟的民工男友。这个小县城里的青年因为复读多年也没有考上大学，就被高中时代的女友想都不想甩在身后，连他来一趟自己的宿舍探望，黎维娟都觉得是十分丢人现眼的事。因为她从走进大学的第一天起，就想好了要“待价而沽”，“做人上人”。她果然在大学毕业后立即嫁给了一个快六十岁且离了婚的富人，过起了珠光宝气、颐指气使的贵妇生活。但她可能从没有想过，她用自己大雪天里冰刀一样锋利的拒绝与羞辱，给那个民工青年留下了怎样难愈的暗伤。她既让他看到了自己无能的局限，又让他生出了对自己身份的厌弃。这个因贫穷而过早苍老憔悴的青年，在电影中甚至连一个姓名都没有。他就像一个来自底层的符号，只留下一个大雪天里提着蛇皮袋匆匆逃进小巷的苍凉背影。

这又像同一部电影中的男主角陈孝正，这个因出身寒微且从小没有父亲的青年一开始就像汉江边上的樵夫，被剥夺了“爱的勇气”。他常说自己的青春就像一座一生只能建造一次的大厦，容不得一毫米的误差。他因经济的贫穷而自觉身份贫贱，因身份的卑微而走向道德的卑鄙。在爱情与一张赴美深造的绿卡之间，他几乎毫不犹豫就选择了后者，投向了象征“辉煌前途”的怀抱，而抛弃了深爱他的女子。他的分手词是：“我就像一个爬行动物，一直是在爬着行走，只有和你在一起时，我才是站立着的。”而为了所谓的“成功”，他愿意放弃使自己的青春得以站直的唯一机会，继续以爬行的软体姿势，爬过青春。虽然他日后获得了当年想要的成功，以一个国际著名设计师的身份荣耀海归，但他内心亦是苍凉的，因为连他自己都不再将自己看作一个“人”。

而更像《汉广》里那位樵夫的，还是陈孝正的同学张开。这个一直暗恋着“校花”阮莞的青年，直到阮莞因车祸去世后，才敢捧着一束满天星在她的墓碑前袒露心声：“你知道满天星的花语是什么吗？就是甘愿做配角，没有人知道我一直爱着你，我怀揣着对你的爱，就像是怀揣着赃物的窃贼一样，从来不敢把它暴露在光天化日之下。”

其实，青春所需的阴凉完全不需要那么大，那么高，那么灿烂，只要一小片可以安放身体和灵魂的灌木丛就好。可一身华丽羽毛的青春金丝雀们不这么想，她们渴望的是一只黄金的鸟笼和翡翠雕镂的水盏。

金碧辉煌的消费主义时代，留给底层青春的其实已经所剩无几。背负苍凉行走的男子，如果你真的不能越过那茫茫江汉，就请退回来，退到内心深处劈柴喂马吧，别忘了给自己一个远方。

因为那毕竟也是希望，尤其还是唯一的希望。

少女心事郎可知

芄(wán)兰之支，童子佩觿(xī)。
虽则佩觿，能不我知。
容兮遂兮，垂带悸兮。

芄兰之叶，童子佩韘(shè)。
虽则佩韘，能不我甲。
容兮遂兮，垂带悸兮。

——《诗经·卫风·芄兰》

1

每一个少女都有一颗深藏不露的内心，娇羞，隐秘，注满青春期甘甜的汁液。这就像每一朵花，都有娇嫩而绚烂的蕊隐藏在花冠的深处。但少女之心在青春最好的时候也会吐露，就像花儿在怒放时，用尽全部的气力吐露它的蕊，在风中纷扬它的花粉。

春天的力量，使花儿开口言说。春天的力量，使少女在歌谣中咏唱心事。

而每一个少女最初的心事中，必有一个懵懂的少年，俊美，实诚，不谙世事。在她的想象中，他应该是完全属于她一个人的最亲密的朋友和爱人，能给她以依靠，安全，同时又可以用来灵犀相通，甚至可以用来响应她身体内部最温柔、最甜蜜也最能引发青春躁动的一波情爱的初潮。

少女天生是早熟的，她敏感而易动的怀春之情常常像藤萝那样蔓延出去，在青春的世界里寻找自己此生的依凭。这少女其实就像蔓生在山野河边或篱间垣下的芄兰，用她游走的枝叶与绽放的花实寻找生命中那棵挺拔的少年之松。

芄兰，一种多年生草本植物，人们给它很多名字。比如雀瓢、白环藤、熏桑、鸡肠、羊角菜、细丝藤、过路黄、合钵儿、羊婆婆奶、婆婆针线包、婆婆扎针儿、奶浆藤、奶浆草。而最常见的名称却是萝藦。而萝，又称女萝，托松而生。在中国古人的植物学描述中，“芄兰柔弱，恒蔓延于地，有所依缘则起”。

这芄兰，是一种在蔓延与行走中寻找天赐缘分的植物。如果从植物象形的角度来看，每一株芄兰也都像一位青葱的少女。你看她那长长的叶子，后大前尖，在风中像极了一颗青春期摇荡的少女之心，而这心形的叶子又不是孤单的，它一对一对生长，有着天生求偶的心性。更有意思的是，作为一种草本植物，它在阳春三月温煦的阳光催动下生出新苗，到盛夏六七月便开出白色的花。那花朵小而精致，从侧面看像一只只被青春的信风摇响的铃铛，要从原野深处唤醒她沉睡的伴侣；而若从正面看，它分为五瓣的花形既像一只尖端优雅地微翘翻卷的五角星，又像一个双腿站立、伸展双臂、摇头歌唱的少女。如果你继续抵近并深情地凝视她，便会发现这周身洁白的少女之花的每一瓣，都丛生着纤细而浓密的绒毛，正像少女敏感而密集的心事，而一根银白的花柱正是从那花蕊深处破空而出，恰像少女玉手微捻刺向青春河流的一根银针，也像她在攀援寻求中必要一针见血的意志。

而她本身却是极其脆弱的，无论是根系、茎干、枝叶，抑或她结出的马兜铃一般的果实，一经碰触或折断，便立即因伤流出圣洁的少女之血。这血却是白色的，恰如女子经血化就的乳液，甘甜而忧伤。

这柔软、敏感、四处寻觅而又极易受伤的芄兰啊，天生就是青春少女在自然界的化身。她托举着青葱的内心之叶，摇荡着洁白的铃铛边走边唱，在山野中、在溪流边寻找可以让自己依缘而起的苍松。

但之于早熟的芄兰，沉睡的苍松却是过于晚熟的。对于芄兰热烈的缠绵，苍松常常正襟危坐，往往不明其意，不解风情，一副让人哭笑不得的君子相。他就像常常被当代少女们倾心爱慕却对青春情事一无所知的懵懂少年，让那怀春的少女既着急，又恼恨，却又打不是，骂不是，真正地一筹莫展。

这样急煞美少女们的傻男神，早在《诗经》中便有。

2

一个古卫国的少女，对她心仪万般却又不解风情的情郎，无奈而深情地叹息道："亲爱的，你好笨啊！"

"你好笨"，在少男少女的青春情爱语汇中，是最常见也最不言自明的表达。从少女口中吐出的这三个字，有着无限丰富的意味——喜欢、嗔怪、微讽、挑逗、鼓励，以及一切含混而深情都在里面。它的潜台词其实是："亲爱的，你再来啊！"

而卫国的少女，面对她的情郎正是这样的一种心绪。此时应该是春末夏初，她与他相会在淇水岸边，或者小山脚下。蔓生的芄兰充满了少女的视野，从她的眼睛一直爬进了她的内心深处。

——芄兰的枝叶啊，蓊蓊郁郁，密密麻麻，互相缠绕，四面蔓延，和我少女的心事一样既欣喜，又纷乱，疙里疙瘩解不开。我的心事为什么乱如麻团呢？完全是因为我眼前这个情郎啊。我的这个情郎啊，相貌堂堂，服饰鲜丽，但是，作为一个前来与我约会的情郎，他却完全不解风情啊。

你看，他的上衣虽然佩戴了一支专门用来解开死结的象骨锥——“觿”——这玩意是专门用来解开绳结的，插进去，一挑，就开了。但情郎佩戴了这个工具，却根本不懂得用它来打开我的心结啊。他就完全不知道此刻我心里在想什么啊。你看，此刻周遭静寂，山水沉默，四处一个人也没有，有我这么个美人在他身边坐着，他怎么竟然一动都不动呢？他难道就没有想过用他的“象骨锥子”来挑动一下我的心与身么？

你看你看，我这样的美人在他怀中，他怎么竟然能连帽子上的带子还是纹丝不动呢？那带子下垂得有模有样，真让人恼恨啊！

我不谙世事傻如生瓜的情郎啊，你看身边那芄兰的叶子，多么像我俩碰撞在一起的心，是多么成双成对地拥抱在一起，而你这个榆木疙瘩一样的情郎啊，怎么就读不懂我春情荡漾的心思呢？你看你看，性好打猎、射箭技术高超的你虽然佩戴了一个勾弓弦的象骨钩子——韘，但是，你怎么就不知道来勾引一下我的心弦呢？

唉，我的笨情郎啊，你虽然有解开少女心结的智慧，也有使人心动的仪容，但可叹你情窦未开啊，春风尚未将你吹醒，我的铃铛也未能惊动你内心酣眠的爱情之湖。你既不能帮我解闷儿又不能来和我亲昵，你真是要急死我啊！

虽则表面恼恨，虽则微讽，但其实内心里仍是欣喜的。这个对情事一窍不通的情郎是中规中矩、恪守本分的。他一点都不轻薄，一点都不像某些登徒子，这又多么令人暗暗地欣慰与欢喜啊。相信总有一天，他心田的湖水会被青春捂暖，那酣眠的湖水会春波荡漾。而我作为一个女子的幸福，也将来临。

3

《芄兰》是一首隐约而朦胧的小诗，它像一把又薄又窄的柳叶小刀，不足以切割庞大的诗歌史，但足以划开一道裂缝，让我们看到“诗经时代”青春情爱中的少女之心。我尤其喜欢的是，这首小诗由对一株植物的速写迅速进入人心的方式，其间有巨大的空白值得人想象与玩味。古卫国的诗人，其随物起兴看似毫不用力，信手拈来，但这一拈，却绝对妙手偶得，绝对恰切无比。你看他借芄兰的枝叶从象形角度写少女之心，你看他借觿与韘的器物功用暗示彼时傻情郎的囧态，无一不精微，无一不让人肃然起敬。但于诗歌本身的价值之外，我想说的却是这首小诗的青春情爱学意义。

《芄兰》所描摹的这出青春情爱剧，虽然有些囧，事实上却是男女情爱中最值得珍惜的黄金状态。也就是说，一个尚不谙风情的少男和一个情窦初开的少女，在洁净的爱情中，经历着他们的困惑与迷乱、叹息与鼓励，这在多年之后，将成为情感记忆中最值得津津乐道、也最值得铭记终身的幸福。

而如果在这一状态中，男女双方对爱情的理解走向一个完全不同的反面，即少女尚不解风情，而少男已满腹花花心肠，拥有完全老练的爱情经验以及圆滑的调情手段，那么遭受损失与伤害的，必定是那个痴情而无知的少女。《诗经》中，大部分女子的悲情，都源自于一个老练而圆滑的男子的轻薄与无情。

所以，一个已解风情的少女，面对一个尚未被春风吹醒的少男，真是此生的一种幸福。因为，她有足够长的时间，陪他一起慢慢长大，并经历他爱情从萌芽到收获的全过程。

我们的这个时代，无所不在的情色资讯无孔不入地催生早熟的身体与过早膨胀的欲望，青涩的少男与少女尚未走向真正的成熟，就在纷乱而易变的青春期遍尝情爱全部的血与蜜，但随之即来的却是痛彻骨髓的苦涩。尤其对于那些花朵般的少女而言，那些过早绽放的夜晚，势必导致过早枯萎的青春，以致在高唱青春之歌的花季，回放在耳际的却是苍白的挽歌。

芄兰一样的少女啊，让你青春的脚步走得远一些，再远一些吧，让你的花儿绽放得慢一些，再慢一些吧。缘分中的那棵苍松总会苏醒，总会张开他的臂膀并携着你的手，一起步入青春的云端。

我的世界只有你

出其东门，有女如云。
虽则如云，匪我思存。
缟衣綦(qí)巾，聊乐我员(yún)。

出其闉(yīn)阇(dū)，有女如荼。
虽则如荼，匪我思且。
缟衣茹藘(lǘ)，聊可与娱。

——《诗经·郑风·出其东门》

1

我们每个人的一生，都注定要真正地去爱上一个人，或者，至少曾真正地爱过一个人。只有真正地爱上，以及爱过，你的生命才在对另一半的呼应中寻得圆满。

当然，一个人在或长或短的生命中，可能许多次对许多人产生爱的愿望。但真正的爱情，只有一次，真正的爱人，也只有一个。

当爱神向你射出那支唯一属于你的箭，当你真正地去爱，你的世界便只有一个她。而当她真正地去回应你的爱，她的世界也便只有一个你。

当真正的爱情产生，她便是花园里唯一的花朵。正如《圣经·雅歌》中所罗门所唱：“我的佳偶在女子中，就像百合花开放在荆棘里。”

当真正的爱情产生，他便是天空中唯一的星星。正如法国小说《弗雷热里克和贝尔讷勒塔》中，女子对他深爱的男子说：“自从我爱上你之后，我发现除你之外的所有男子都丑陋而愚蠢。”

而毛姆笔下的男子贝伊特曼也对深爱的女子伊扎贝拉说：“除了你，我谁也看不见，我从来没有闪过有谁能同你相比的念头。”

其实正如卢梭所言，爱情总是比较的结果。当一个青年男子只能面对一个女子时，他与她之间所产生的，未必是真正的爱情，因为他别无选择。因此亚当并不一定真爱上了夏娃，因为伊甸园里只有一个夏娃，而并没有别的女子。

真正的爱情发生在广阔而密集的人群中，发生在他对她的寻索与选择中。只有当一个男子不再环顾所有的姑娘，而只专注于一个姑娘时，真正的爱情才从天而降。她在他心中顿时变成最出众、最美丽、最有吸引力的唯一的姑娘。换言之，她开始成为他世界的中心。

正如天上掉下个林妹妹，而不是也不可能是别的妹妹时，大观园里的贾宝玉才爱上了林黛玉。

古老的《诗经》中也有一个大观园，也有一个痴情的宝哥哥，在一片花红柳绿、燕瘦环肥中，爱上了那唯一的林妹妹。他对她的爱情，发生在春天里的东门外。春思半和芳草嫩，碧萋萋。他开启青春歌喉，为她唱了首小小的情诗。

2

为什么爱情要发生在东门外？而不是南门或者北门呢？唯一的理由是，春从东方来，一座城池的东门，是离春天最近的地方，是能最早发现春天奥秘的地方，也是游春的少男少女最先踏足的地方。

在“诗经时代”逝去一千多年后，有个北宋的风流尚书在汴梁城的东门外面对早至的春光曾写道：“东城渐觉风光好，縠皱波纹迎客棹。绿杨烟外晓寒轻，红杏枝头春意闹。”在这位风流士大夫的眼中，春水初暖，柳吐鹅黄，而杏花盛放，远望如火，人间的一切都在东门外的春风里美好地荡漾。

而几乎在这同一座城池，同一个东门之外，一千多年前的郑国青年发现了同样美好的春光。但在这回暖的早春，他的内心因爱而忧悒。很久了，他的内心里惦念着一个姑娘。他不知道自己究竟是从何时起，开始爱上了她。只知道，自从她的脸在自己眼前闪亮过一回之后，没有她出现的世界便幽暗无光了。她是他内心唯一的光辉，唯一盛放的花朵，唯一晶莹的露水。他甚至感觉自己已有，以及将有的生命，便是为了迎接这唯一的光、采撷这唯一的花而延续。

而没有她的消息已经很久了。在这座偌大的城市里，他并不知道她生活在哪扇门户之内，他只记得她的脸，只记得在街市上偶然的邂逅，以及后来匆匆的几回相逢。擦肩而过，回首凝眸，四目相对，流波含情。他知道，她眼中其实已有他，正如他心中早已非她莫属。

户外正是外出远足、踏青寻春的季节，他也步出东门，加入熙熙攘攘的人群。他之所以有此游春之心，并不是想恣意地赏玩春光，而是他想：“她兴许也会在那踏青的人群中吧？”

东门外春草茵茵，游人如织，杏花影里，鲜衣丽服的女子成群结队，远望如天边初升的云霞。但这些女子中却并没有他心里千思万想的那一个。她们中的每一个，都不是她。与百合般的她相比，眼前的这些女子，皆如拙劣的荆棘，皆如过眼的云烟，袅绕即散，他甚至连多看一眼的心思都没有。

难道她没有来？难道她在这春风里没有像我想念她一样想起我？难道她没有像我寻访她一样步出这东门来寻找我？哦，千人过尽，皆不是她，这良辰美景，没有她是多么荒芜啊！可爱的人儿，你究竟在哪里？

但突然间，他的眼睛闪亮了，冒出了灼灼的光。他青春的脸上浮现出甜蜜的微笑，正像暖风吹笑的湖水——他看见了她，斜倚着一棵河岸的绿柳茫然四望的她。真像一朵纯洁而高雅的百合啊，她素净的衣裳在春风吹绿的背景中如一只鲜白的水鸟飞在碧波上。她的眼眸是如此朦胧，在没有发现他之前，她的世界亦是黯淡无光，正如在没有她的世界里，他两眼如在雾霾中一样。

春风吹来，她终于一转明丽而洁白的脸，修长脖颈下那青绿的纱巾顺风向他的方向飞舞。她的眼睛瞬时也明亮起来——她也看见了他。两朵红云飞上她的面颊，她赶忙垂下了头。他慢慢地向她走过去，在她的身边轻轻地徘徊，用只有她听得见的耳语，吟出了这首小情诗："出其东门，有女如云。虽则如云，匪我思存。缟衣綦巾，聊乐我员。"

这是他诉说给她一个人听的耳语，是他向着她捧出去的内心。"聊"，绝对不是有些人所说的暂且、姑且。"聊"，其实与耳朵有关，是耳鸣，是幻听，是思念中爱人甜蜜的耳语，是耳鬓厮磨的欢乐。“聊乐”，其实是一份欢乐加另一份欢乐。

他是在对她说：“我的爱人啊，在这良辰美景中遇见，你让我有着加倍的欢乐。”

而这样的相见，这样的欢乐，在接下来日渐盛大的仲春以及暮春，仍要一遍一遍地进行，以使他对她的爱，在日渐成熟中得以圆满。

当四月里白茅花开放，当他又一次走出迂曲的城门，当他再一次在如火如荼的女子群中找到唯一的她，他收获了比上一次更大的惊喜。因为这一次，她在圣洁的白衣之外，在脖颈下系上了象征着爱情的红纱巾。

在男子眼里，爱人身上的红妆总是有着特殊的意义。正如伟大的但丁在写到他的贝雅特丽齐时说：“当她穿着典雅的鲜红色衣服在我面前出现，这么质朴，这么尊贵……从此爱情就主宰了我的心灵。”

素白中的一点红，是纯洁中的忠贞，是高雅中的热烈，是银装素裹之上的分外妖娆。他知道，在她心中，对他的爱情已经成熟。她用这精心的妆扮，向他的爱情举起了胜利的旗帜。

用不着什么山盟与海誓，我只用这春风里的一点红，告诉你，你的世界从此只有我最懂。

3

《出其东门》可能是《诗经》中第一次点明爱情必须经过选择与排斥实现唯一对象化的诗篇。也可能是中国诗歌史上第一首进入爱情本质的诗歌，它使青年男女之间的爱情，超越本能的冲动，真正进入精神情感的领域。它为中国古代爱情学的研究，提供了如此鲜活生动的诗歌切片。

更重要的是，它借一个远古青春男子的嘴，告诉了我们现世青春里的人，真正的爱情应该是怎样的。

在我们当今耳濡目染的青春情事中，似乎已经甚少唯一的爱情，甚至连“爱情”这个本来神圣无比的词都显得奢侈而幼稚。取而代之的，是普遍的暧昧，以及借爱情之名而大行其道的玩弄与交易。甚至许多青春中人会觉得，只有那些木讷、平庸甚至残缺的人，才会在一生里只爱一个人。而那些家世、财富、能力、相貌以及职业都高于常人的人，会随意地选择他们众多的爱人，组成庞大的“后宫”，并一次次开始所谓的爱情。

事实上，这是荒谬无比的。在爱情的领域里，越杰出的人越是专一。盘点世界恋爱史，我们会发现无数杰出的男子终其一生都只有一次爱情。

比如被一只苹果砸出了万有引力的伟大科学家牛顿，唯一钟情的是一位药剂师的养女斯道拉小姐。虽然他囿于中世纪以来剑桥三一学院成员必须单身的可怕传统而未能与其成婚，但他终身却只爱此一人。

比如以不朽巨作《拉奥孔》青史留名的德国剧作家莱辛，直到三四十岁才终于遇到了自己所爱的女子——年轻的寡妇夏娃，并第一次产生了爱情。相爱六年，成婚之后，莱辛的生命迎来了春天。而当夏娃因难产而死之后仅仅三年，莱辛便因无力承受打击而与世长辞。

比如开创出哲学新世纪的黑格尔，一生也只有过一次爱情。他把这爱情献给了自己心目中“绝色”的女子——他的妻子玛丽亚。这位对整个世界都板着脸的大哲学家，却为他唯一的爱人写出众多柔情脉脉的诗篇，并终生对其呵护备至。

再比如，发现了电与磁的奥秘并藉此改变了世界文明的法拉第，一生只爱比他小十岁的妻子萨拉，并与她共度了四十六年金刚钻般的爱情。而被海明威奉为人类文学史上最伟大小说家的陀思妥耶夫斯基，在临死前对妻子说的最后一句话是：“我这一生都没有背叛过你，连那样的念头都从来没有动过哪怕一次！”

当然，还有被我们津津乐道的革命导师马克思与燕妮的爱情，以及他们的女儿劳拉与革命家保尔·拉法格的爱情。这些伟大的人物，用他们专一、持久而深刻的爱，为他们伟大的人生锦上添花。或者说，正是这终生不渝的爱，赐予他们以超人般的伟力，使他们在自己所在的领域走得更远，攀得更高。

一只四处采花的蝴蝶，飞不了太久便会在疲倦中坠地而死。而那只与配偶生死相携的大雁，却飞过了大山大海，在天涯海角用飞翔留下它们爱的传奇。

事实上，无论时代如何变迁，无论我们身处于怎样一种文明与制度之下，真正的爱情，唯一的爱人都是可能的。青春中的少男少女，只要认真寻索，好好把握，总会寻找到自己的真爱。

但如果你因种种无法克服的原因，在青春期错失了你的真爱，那你很可能要用一生的辗转去缝补这破碎的爱。因为盘点世界恋爱史，我们也发现几乎每一个浪荡的男子，他的青春期里总是住着一段伤心的爱情和一个无力攫取的爱人。或者说，一个男子无论有多少浪漫史，在他的心里往往都只有一个永远不会被任何人所代替的女子。而这个女子，多出现在他的青春期里。

比如一生无数次恋爱、直到74岁仍对17岁少女大唱情诗的歌德，终其一生，最热恋的女子都是莉莉·谢内曼。与莉莉的无奈分手是他去魏玛并使这座小城成为撒克逊魏玛公国艺术之都的直接原因，也是他一生无数次移情别恋的主要原因——他一直在寻找与她的某一部分相似的那个人。

再比如拜伦，这个悲剧性浪漫主义的狂热诗人，以辗转于众多女子之间并始终凌驾于女子之上而被人诟病。但拜伦爱过并导致其一生颠沛的女子只有一个——梅丽。这个“有着瞪羚羊般的眼睛和迷人笑容”的姑娘被少年拜伦所深爱，但她却说：“她实在无法爱上这个跛足的小伙子。”这个被爱人所拒绝的跛子、英国未来的骄傲于是一生为了寻求无望的爱情而从一个女子转向另一个女子，最后客死异乡。

年轻而期待着爱情的你啊，愿你能在如云之人中找到你的唯一。愿你的世界只有一个她。愿她的世界也只有一个你。

我的思念藏在水下

籊籊(dí)竹竿，以钓于淇。
岂不尔思，远莫致之。

泉源在左，淇水在右。
女子有行，远兄弟父母。

淇水在右，泉源在左。
巧笑之瑳(cuō)，佩玉之傩(nuó)。

淇水滺滺(yóu)，桧楫松舟。
驾言出游，以写我忧。

——《诗经·卫风·竹竿》

1

爱情在青春之树上开花，但并不总是结果。

“玫瑰不问为什么，开花因为开花。”青春年代的爱情，只是为了爱情这一开放本身。但就像玫瑰的绽放同时也是一道明艳而带刺的伤口那样，爱情在青春生命中扯开的裂口，需要用一生的思念来缝合。

思念，是缝合爱情之伤的丝线。那些在青春花季中遭遇过爱情离合之痛的少男少女，知道我所说是真的。

那就让我们一起来说说思念吧。

若从时间上说，相思，是从往昔的银行中支取微薄的利息，来接济穷苦的当下。过于强烈而幽深的相思很容易让人产生逼真的幻象，而在对那幻象的消受中，相思的人得以暂时解脱。

这就像一棵树看到了一片远来的云，而暂时忘却了脚下的干旱。

但大团圆的一家人，花烛夜的小两口，是不会彼此牵肠挂肚的。相思，其实多因距离而生，又因距离而深。而中国式的思念，又多是因了那距离导致的种种不圆满、不快活。

比如，爱情划出的暗伤，就是一种血肉模糊又难以逾越的距离，更是一条星汉灿烂若出其里的银河，一道分隔楚河汉界的鸿沟。因种种原因被永世隔绝在爱情河流两岸的男女，唯有以思念作舟，在彼此的梦中得渡彼岸。

船是对水的一种缝合，但不是超越。那些在爱情之河上悠游来去的舟子，其实都在寻找爱情的前身。每一次以桨击水，每一次迎风举帆，都是一回深达千寻的相思。

孤独、悲苦，如浩渺的烟波，那水上的相思，会给苦煞的内心一点点甜蜜的慰藉。

此刻，我无法不想起十年前那部著名的美国爱情电影《恋恋笔记本》。美国北卡罗来纳水溪小镇，一条白水鸟云集的大河，一个每天都去河上荡舟看水的男子，在河水的倒影里，想念十七岁的夏天，凉爽的暑假，以及他遇到的梦幻爱情里的美丽少女。

此刻，失落在命运中的少女像一只铁锚，沉落在生活的水底。小舟来去，便是要找到这只爱情之锚，并用它牵系爱情的兰舟。

电影里伐木工人出身的青年诺亚是幸运的。他最终是用自己长达七年的相思，用自己因相思而催发的执着（他完全以一人之力为梦中情人亲手建造了一座宫殿般的屋子，在这一点上，穷困贫贱的他勇敢得像一个王者），在这同一条大河上，在同一条小舟里，在一场突如其来的大雨中，找回了自己青春时代的爱人艾莉，并与之生儿育女，共度完美的一生。

但这电影真像一个因过于完满而略显虚假的梦啊，遥远美国的梦。因为大多数的中国式思念都像一支射向虚无暗夜的箭，都像一颗有去无回的流星，在广阔的银河里无果而终。

所以，我宁可喜欢《卫风·竹竿》里隐藏的这对男女，宁可相信他们那一份始终写在水上却难以掬起捧出的思念。

很多人都说，《竹竿》是一首女子思归的诗，但我总觉得那持着竹竿在淇水上执钓的，分明是一个思念早年情人的男子，就像水溪镇中思念艾莉的青年诺亚。

请让我们像看电影一样，拉开想象的长镜，进入一首写在淇水上的思念之诗。

2

淇水，是从诗经里流淌出来的梦幻之河，河岸有青青翠竹，有花朵，有香草，有嚶嚶而鸣的雉，有差池其羽的燕。

淇水，是过于美丽而让人充满了想象的河流。它事实上已经不是今天河南淇县境内被岁月带走或篡改过的河流。作为一条河，它像铭刻在远古青铜器上的一道隐约的花纹，只流淌在曾经的心灵地图上。歌谣里的男子与女子，总是在这条美丽的河边，订下自己今生的誓约。他越过河流去看她，她偷偷奔到河边来送他。这是一条爱情的河流。这片土地上的每份爱情，似乎都涉及淇水。或者说每对有情人，都会亲近淇水，来寻找他们可能的姻缘。

眼前没有大山，身后没有大海，就让我们以这条河流的名义相爱吧。一条河，便是他与她私订的爱情契约。你说，又有什么山盟海誓，能比得上指河以为证更真实、更绵绵以为期？

这条梦幻的河，心灵的河，爱情的河，契约一般坚定而可以用来作证的河，迂曲流经的这片沃土，就是卫。

卫，出于一份守护的心愿，就像星星受命去守护月亮。当上古时代的伟人周公旦，把商朝的国都朝歌交给自己忠诚可信的小弟弟康叔封，让他以德以勇拱卫家族的王鼎，卫，便作为一个方伯之国，诞生在周王朝的版图上。

但古老的卫，却在历史的河流中迅速成为一个美丽而残破的国度。它像一棵河里的水草，几度沉底，又几度浮起，点缀历史之河八百年。

翻阅卫国可谓漫长的历史，我们发现在伟大的康叔父子之后，竟然多是暴虐的子孙，荒淫的后妃，以及虚弱而多欲的君主。州吁之乱，宣姜之祸，乘轩使谷，皮冠射鸿。所有的典故，都掩藏着亡国的乱象。

翟人入侵的一把火，终于灭了这该死的国。

从朝歌到楚丘，从濮阳到野王，都城的更迭，是卫人失国、重建并再次失国的伤心史。而国家伤痕累累的命运，其实摊派在每一个国人的头上。国君一次又一次用他们的荒淫，在卫人的心灵深处挖出破洞，又打下重重的补丁。

在这颠沛离乱的大时代，大多数深情的青年男女，大概只能收获他们破如麻衣的爱情。

美丽的卫国女子，这乱世里的佳人，随时都可能接受君父之命，作为外交的筹码远嫁他国。或者干脆作为一份礼品的点缀，赠以异国人为妾为奴。

人说卫国多君子，其实更多伤心人。痴情的卫国男子，大多是暗夜里断魂的牛郎。当被思念缠绕不可解脱的时候，这男子就到曾经定情的淇水边上，持竹垂钓。

没有比一根细长的竹竿更能惹人思念的事物了。而垂钓，正是中国君子最富特色的一张面孔。水边端坐的垂钓者貌似淡定，悠闲，文雅，但掩藏的，或许是如麻的乱心，与悲痛难耐的情思。

《卫风·竹竿》是磅礴而沉重的相思之诗，是无端念旧之诗。但这相思，这念旧，却借一根青翠而细长的竹竿来得自然而优雅。顺着这根细细长长、垂钓于淇的青竹竿，我们看到了思念远人的青年。他静坐在岸边上，突然从一圈一圈绽开的涟漪之中，没来由地看见了那曾经深爱的恋人。

这男子的面容一定是闲淡而镇定的，作为君子，即使一身渔人的装扮，那容止，那神情，依然是中规中矩、雍容雅致的。但那衣袍下的内心，却火烧火燎。“岂不尔思，远莫致之。”烟波浩渺，你究竟在哪？向左是水，向右也是水，我在两条河流之间，像双重锁链中的人，伸出思念的手，却够不到你。

一笔成景，一锤定音，这是一张简笔勾勒的风景速写，也是一幅炭笔涂抹的心灵素描。一根青竹竿，就像一只神秘的手，撩开了历史深处情感的面纱，撩开了男子深藏不露的内心之帐，我们得以看见那帐中的美人。

“泉源在左，淇水在右”或“淇水在右，泉源在左”，是一种特殊的地理学，在这被内心修饰过的神奇地理中，男子是一个被忧愁灌满的浓黑的点，又被它周围的事物紧紧包裹在其中。于是一个新的视角被点亮，他顺着淇与泉这闪闪发光的水流，看到了梦中的光辉——“两条水流：天使，意中人。”

在男子的心中，此刻锁着自己的两条河，也锁着心中的女子。这锁链一样的河啊，生生牵着那女子，离开了她的兄弟和父母，离开了她深爱的我，去向了难以回返又无从寻找的远方。如今啊，我在这两条大水之间，忽然看到的，是你逼真的笑脸，是你因花朵绽放般的笑而慢慢开启的口唇，是你口中如玉如贝的白牙，是你轻启莲步、环佩叮咚走向我的脚步声啊。

“巧笑之瑳，佩玉之傩。”是省略了面孔的笑容，是省略了身体的脚步，是忘却了整体而无限放大了的细节，是超越了具体而凸显出来的唯美与抽象。

就像涟漪超越了水面，就像莲花超越了莲池，就像一颗晶莹的露珠，超越了映照她的朝霞与太阳。

这其中有如玉如梦的鲜艳、洁白与灿烂，有清脆的鸣响，有如丝如缕的颤动，有丰富的回声。这锋利无比的印象，只能来自于青春记忆的第一道划痕，只能来自第一次割裂你的爱情之刃。

灵光一闪之间，你已沉迷，已倾倒，已无力自拔。

此刻读诗的年轻的你，究竟有没有，在经过某个路牌，某座小桥，某棵树，某朵花，或随便某只鸟飞过的一块天空下，突然想起一张往昔的脸。就像这坐在两条河水之间的卫国青年，他在水面上垂钓的其实不是鱼，而是旧日过分甜蜜的回忆。而在那涟漪中破水而出的，亦非鱼，而是皓齿鲜白的笑脸，是环佩叮咚的脚步，是未曾了却、未曾圆满的一份深情。

古卫国的诗人，就这么在幽静的水边上，借一根长长的竹竿，进入了往事，钓起了破碎时间里的爱情。

曾经美好的爱情啊，随着那悠悠无尽的流水，远去了，远去了。昔人已不再，想那些又有什么用呢？啊，还是让我划起桧木的桨，坐上松木的小舟，顺水远行去吧，让那忧愁随风飘散吧。

诗到尾声，浓得化不开的相思好像被稀释了，溶解了，但其实，在那貌似平静的水面下，有无限的潜台词藏着——相思的人其实无解，貌似解脱其实只是陷入了新一番的轮回。

我还是会再次回到这淇水边上，想曾经的你，想曾经的我们，想在阴雨天里，我远远藏在篱笆后，送你出嫁的黄昏。

3

我莫名地喜欢《竹竿》这首诗。我觉得《诗经》真正的伟大，不是它写出了多么奇幻的内容，而是这种文化的态度，这种浑若不经意、不用力但风致嫣然，使天地氤氲一片的气派，以及这种轻轻一撩便进入时间和空间的方式，真的很迷人。

约翰·济慈说，我的爱写在水上。这是英国绅士的表白。而中国式的想念是：我的思念藏在水下，亲爱的你若想我，就用籊籊翠竹，在远方轻轻钓起它吧。

一颗浪漫主义的毛桃

桃之夭夭，灼灼其华。
之子于归，宜其室家。

桃之夭夭，有蕡(fén)其实。
之子于归，宜其家室。

桃之夭夭，其叶蓁蓁(zhēn)。
之子于归，宜其家人。

——《诗经·周南·桃夭》

1

桃树天生与浪漫有关。她是脚踩厚土的中国先民向着天空，向着绚烂与甜蜜，伸展出去的浪漫梦想。

当我们情不自禁地张大口唇，舌尖上扬，说出“桃”，其实便是说出一个与浪漫有关的事物。比如，桃花，桃花岛，桃花源，桃花扇，桃花雪。

此刻，我情不自禁地让想象逸出，想起了在那部如空似幻的电影《东邪西毒》里，刘嘉玲饰演的那个洁白如梦般的女子，便叫桃花。在青春时代的观影过去多年之后，我仍记得，她在密林深处波光粼粼的池水中，在毛皮绚烂的枣红马背上，翘着美丽的小腿，还有好看的足踝。

很多勇武的男子因思念她而盲了双目。梁朝伟饰演的盲武士，在被刀剑封喉、鲜血如潮惊散飞鸟的一刹那，双眼最后的一幕光明里升起的，便是这个美如桃花的女子。

很多深情的男子因痴迷她而流浪一生。梁家辉饰演的黄药师，一生一世，天涯漂泊，从荒漠到大海，只为追寻这个叫桃花的女子。

而后来，便有一个岛，叫桃花岛。一个大海深处植满桃树的岛，只为一个忆念中的女子而创造，并使之进入存在。

桃花影落飞神剑，碧海潮生按玉箫。这一片无限深蓝中灼灼的粉红，曾是多少男人青春年少时的梦想。而当我们从电影回到自然，回到时光的四季更迭里，我们会发现人与桃花的更多隐秘。

比如，当冬天的雪久恋不去，洋洋洒洒飞在早春二月，便会有晨起洒扫的少女，隔着窗棂，吐出那句：“哦，桃花雪！”

比如，少女们，是在等待桃花一年年开放的日子里迎来她们拔节的青春。等到桃花开到最好的日子，少女们也便迎来了自己盛妆出嫁的好日子。

出嫁是女子生命里的第一次绽放。

春日里的桃花明如闪电。而如果你问桃花为什么这样红？我会告诉你，那是因为每一朵桃花下面，都寄托着一个鲜活、玲珑、娇媚、洁净的少女。所谓“桃花得气美人中”。你看，在“诗经时代”，在周天子的大地上，在春天的阳光下，在桃林掩映的郭外村边，桃花与人面，在深情对望中找到了她们浓艳的彼此。

桃花，是浪漫的桃树开出来的心事。

桃花，是春天寄给人世的第一封情书。

桃花浪漫，热烈，缤纷，充满热辣的挑逗与粉红的诱惑。每一对有情人，在春天，都在阅读着桃花的来信。他与她深知，桃花春讯，是对甜蜜爱情的期许与幸福人生的召唤。

当我们仰望，桃花不言，幸福盛开。

2

“夭夭”，是一个婀娜而性感的词语。当我们在文字的河流里打捞它最初的身影，我们会发现这个古老的词唯美的象形。无论是在夏商的甲骨上，在两周的青铜鼎镬上，还是在后世的篆文简牍中，“夭”，都像极了一个摆荡两只长袖，屈折美丽的脑袋，以轻盈娇媚的身姿婀娜起舞的少女。当最初的造字者在浮想联翩的惊叹中用精简的笔法“画”出这个形体，当他的目光又从少女的身体转移到广阔自然的植物们身上，他发现了“夭夭”的少女与那些春日里幼嫩、艳丽、娇好的草木们的相似性，于是，他给予青春时节里一切茂盛而明艳之物一个赞美之词“夭夭”。

尤其是面对那一棵一棵蔓延成林、浪漫生长的桃树，诗人的赞美，从丹田至舌下，脱口而出——“桃之夭夭”。

而“灼灼”，是一个滚烫而明亮的词。当我们同样沿着文字的河岸进入远古的日常风景，我们首先看到的会是炽烈的火光，是通红的炙烤，是冶炼时的鲜明与盛旺，是一切使凝视的目光因过度的明亮与美盛而幸福地“受伤”的事物。

当桃花开得过于热烈，过于明媚，过于滚烫，惊愕的诗人只能用尽所有赞美的温度，给出一个烈火般的描绘——“灼灼其华”。

“桃之夭夭，灼灼其华。”这是一幅既热烈，又美好，更带有浓郁梦色的写生，是如梦初醒的诗人给青春的画像，而他之所以要用如此美艳的色彩从梦里托出这一场景，之所以一开口就让自己的赞美进入无法遏止的高潮，是因为，他要借助这集春日里万千宠爱于一身的桃树与桃花，给自己生命中最重要、最挚爱的人，以整整一生的祝福。

我们读诗的眼睛，就这样被诗人的赞美从一棵浪漫的桃树和它火红的花朵身上，牵延至那个待嫁的女子。用尽所有的想象，我逡巡的目光得以回到上古的城郭，越过鳞次栉比的屋檐，穿窗入户，和阳光一起照耀在闺房里的这个少女脸上。

她圆润的脸庞，她水波潋滟的双目，她翕然如兰的鼻息，她刚刚噙过口脂而鲜红的双唇，都是如此甜蜜而诱人。她坐在晨光里，如沐如浴。阳光从她一侧的窗外投进来，照耀着她美丽的脸颊，那白皙的皮肤此刻因殷切的期待、因淡淡的羞涩而微红。

有轻轻的尘埃在阳光中飘，飘过裳，飘过衣，飘过少女的肩与脖颈，引导我们的视线落在少女脸面那一层细淡的绒毛上。这来自于生命、来自于青春，象征少女至为洁净的绒毛啊，此刻幸福地在晨光中随一呼一吸而翕张。

这少女，是生命之树上刚刚结出的一颗毛桃啊，洁净、丰润、甜美，多肉多汁，符合一切男子青春的臆想。

这样一颗饱含着孕育之核的毛桃，将给予生命多么丰厚的馈赠，将给予拥有者多么美妙的未来。这上天赐予的厚礼，经受得起人世间所有真诚的祝福。

而能够给予一个出嫁少女最真实、最善意、最美丽的祝福，莫过于祝她完成对新生命的延续，祝她给予她将要“归去”的室家以充实而绵延不绝的希望。

没有任何虚幻不实的奢望，我们的上古先民对一个出嫁女子的祝福，就这样富有实用主义的单纯。如果你不信，那就让我们再次回到文字的河岸，在字词的流变中捕捉这祝福的真意。

“归”真是一个复杂多姿、意味无限的汉字啊。如果我们让眼光越过简化字的粗鄙，回返它甲骨文尤其是金文的原姿，我们便会惊愕地发现，一个身姿婀娜、弓身屈背的少女，走在她生命里的半条小路上，而她的手里，执着的是一柄洒扫尘埃的扫帚。透过古老文字里的“归”，我们看到的是在婚姻的路径上，那个执巾持帚、洒扫庭除的人，她来了！

“归”，不是别的，正是那个从桃花深处嫁来的少女啊。从这一个“归”字，我们便可以看到上古的少女，是出于桃花，而落于尘埃，她一生的命运，便是从花蕊中来，到灰烬中去，日日拂拭那尘灰，时时清理那污浊，使岁月干净，清爽，归于澄明。

那送她“于归”之人，究竟又给了她怎样的祝福呢？

“宜其室家”，是一个意味深长又含糊其词的祝福语，是一幅因经过模糊化处理而散发着朦胧气息的赞美诗。若想清楚个中深意，我们还是得让文字本身说话，说出它的来路与意义。

“宜”是一个因化了妆而显得既落落大方又秀气无比的汉字。但若说起本源，却多少使人愕然。说到底，这个字源于上古时代的生殖崇拜，因为在刀耕火种的艰难时代，人类存活的最大意义便是生殖繁衍，使自己的族类永世长存。所以先民们无一例外地将象征生殖能力的雄性生殖器列为神物，并为之“画”出一个高度象形的文字——“且”。一切与“且”相关的汉字大多与生殖相关。而“宜”，如果你看它的甲骨文、金文，会发现是将一块鲜活的“肉”，放置在“且”下，或者说是“且”在“肉”中。直到篆文，才为它化了简妆，但仍然充满了屋宇内不言自明的意义。有人说“宜”，是把“肉”放在“且”下以祭祀祖宗，这样说也不是没有道理。因为其实所谓婚姻，所谓“一拜天地、二拜高堂”，也不过是面向祖宗的祭奠与宣告，是对生殖的承诺与祷告。

从此，“宜其室家”作为一句祝福语，也便有了它切实而厚重的意义。可以看作是亲人沉甸甸的祝福，也可以视作临行前的开导与启蒙。更可以当成邻人与路人由衷的艳羡与赞美——这个毛桃一样洁净、丰润、娇媚的少女，一定能使她归去的室家子孙兴旺，香火永续吧。一定能使她的子孙像丰厚的蟠桃那般硕大而结实，一定能使她的后代像丛生的桃叶那般密密麻麻、生机勃勃。所谓“有蕡其实”，所谓“其叶蓁蓁”。

一句简单而朦胧的“宜其室家”，说尽了一个世界对一个少女的托付，说尽了一个少女出嫁以及此后生命的价值。但如果我们能够再把目光延伸得更远一些，从古代家居模式的角度去观照“室家”，也许会把这个少女出嫁时的内心感受——喜悦，看得更加清晰。

那么究竟何为“室家”？简单讲，古之家庭建筑，一般坐北朝南，前面的一间大厅称为“堂”，堂后面的一间正寝叫“室”，“室”东西的两间叫“房”。“室”乃一家之主的正妻所居，而妾只能住“房”。由此，我们就可以理解什么叫正室，什么叫偏房。古人说：“丈夫二十而室，妇人十五而嫁。”而女子出嫁，有夫为家。你看，“家”，其实便是房檐底下一公猪！女子结婚，有房子，有公猪，这便称为家。男子娶妻，称为有室。“室”，房下有至，至，止也，停止，休憩之意。从字形上看，“室”乃房下有一个酒杯一样的器皿，皿中有食！故引申特指妻子！

这个从桃花深处走出来并迤逦归去的女子，是带着家族的嘱托与祝福，前去夫家做正室的，而不是像那个时代已经出现的媵妾那样，去做偏房里的牺牲品。

她因此充满喜悦以及“宜其室家”的人生梦想。

3

请原谅，我无法讲出一个虚构的故事，来罗列一个“诗经时代"周王朝大地上少女的新婚场景，更无法将这个桃花下的少女出嫁栽种到一个具体而微的幸福事件里。我只能让古老的文字本身说话，告诉你这出嫁的少女心中，为什么拥有满满当当的幸福，以及祝福她的人又对她的幸福人生寄托了怎样的内容。

我只能说，就像一朵一朵的桃花是属于整片桃林那样，这场被热烈祝福与期待的婚姻是属于所有周南少女的浪漫事件。

《周南·桃夭》是新娘之歌，是唱给所有新娘的祝福，洋溢着一派喜气与言说不尽的浪漫梦想。

《桃夭》同时是象征主义之诗。用桃，桃花、桃子、桃叶来象征美丽的少女，这是中国气派，中国特色。西方人可能会想到用百合，用玫瑰，但中国人，用桃。也只有中国人和中国古典文化影响的文化圈，才会给自己美丽的女子一棵桃树，一片桃花。从这个意义上讲，《桃夭》开创了中国人用桃花指代美人的美学传统，从此之后，才有了桃花与人面的互映互证。

所有洁净、美丽、生命力沛然的女子，都是一朵桃花，都是桃花上结出的那颗浪漫主义的毛桃。

这里面其实隐含着东方人，尤其是我们中国年轻男子对女子的一切想象在里面。丰满多肉，甜而多汁，干净，茂密，肥厚，一切奔实用主义的路径而去。

浪漫主义想象中的实用主义，在桃花，在女子，其实是辩证统一的，毫不矛盾。

月上有桂，地上有桃。

我们中国人其实就活在两棵树的神话与现实里。如果说质坚皮薄、馥郁芬芳的桂树是属于广寒宫的，是属于冰清玉洁、高不可攀的嫦娥仙子的，是一个无法触碰的七彩梦幻，那么婀娜多姿、美而不言的桃树，便完全是属于卑微而火热的人间的，是属于那些洁净而鲜活的少女的。就像活跃在《周南·桃夭》里盛妆待嫁的处子，她的鲜艳、妖娆、丰厚与甜蜜，都泛着活生生的现实感与烟火气。

桃树，桃花，以及毛桃一般浪漫的女子，以及女子背后广阔而博大的幸福感，都深深扎根在中国人内心的梦幻里，但那枝叶花果，却是伸展、开放、盘结在现实人间的。

但你若问为什么是桃花，而不是梨花，杏花，或者牡丹？为什么是桃夭，而不是梨夭，杏夭？这似乎是无解的。我只能说，桃花便是春华初茂，便是青春本身，也只能是桃花，才配得上那稍纵即逝的花火般的青春。

是的，桃花是开在人心里的一块幸福而甜蜜的忧伤，就像爱情在青春的房子里，投下明亮的光，与幽暗的影。

伊有恨悔如江沱

江有汜(sì)，之子归。
不我以，不我以，其后也悔。

江有渚(zhǔ)，之子归。
不我与，不我与，其后也处。

江有沱(tuó)，之子归。
不我过，不我过，其啸也歌。

——《诗经·召南·江有汜》

1

有一年深秋，我从龟山下来，在著名的武汉长江大桥下，远远望见一个女子的背影。

女子一袭红衣，长发茂密，倚着江边的栏杆，看江水浩荡。整整一个下午，她始终那样坐着，不动，江风偶尔撩起她的长发，惹我游人思绪。

近处，江滩公园的花圃里，红色的月季开得正盛。江花胜火，女如幽兰，远近相映，别有一番意味。我举起相机，将这偶然的一幕摄入了底片，同时也摄入了记忆。

很久很久，我一直在想，那红衣女子面对大江东去，面对百舸争流，她究竟在想些什么？为什么她绯红色的背影透着淡蓝的忧郁？为什么在如洗的长空下，她的背影竟有某种浩如烟波的恨悔之意?

后来我想，她或许是在忆念某个随水而去的离人吧，并对这个离人因思念而起了某种恨，某种悔。

恨悔先是一滴，在内心久聚，便成江河，满满当当撑得人受不了。还常起波澜，冲肺刷肝，让人生死皆不能。

伊有恨悔如江沱，到这长江边上坐一坐，让心里的水，与眼前的水，彼此激荡，稍解恨悔意。

2

有一天，重读《江有汜》，我眼前突然浮现的，竟然是那个武汉长江边上的红衣少女。我甚至觉得，这是冥冥之中一个意味深长的幻象，是诗里那个女子穿越千年的恨意，来到当世追讨前生的情债。

这个世界上，即使所有的东西皆可拿来买卖，却还有两样东西不可用以交换，一是将灵魂抵押给魔鬼，一是将青春售卖给金钱。

灵魂抵押给魔鬼的，将难入天堂。青春售卖给金钱的，红颜顿成枯骨。但吊诡的是，很多生机勃勃的灵魂，却常常将自己交付于魔鬼，很多春华初茂的红颜，却常常委身于黄金胯下。

这个世界上，有一种既强大又剧毒的东西，叫诱惑。从古至今，能够提供种种美妙诱惑的，莫过于权势与金钱。而在“诗经时代”，游走于权势与金钱之间的，又莫过于商人。

商人，这种脱胎于上古士阶层的群体，是天生的聪明人。他们有超容量的大脑，有敏锐而远大的视野，有如簧的巧舌与伶俐的口齿，更有强健而适于远行的体魄。这些人，天生能窥见千里之外的利润空间，天生有着在四面八方的风里闻见黄金气味的嗅觉。他们更精通读心术，能清楚地“看见”人心里隐秘的欲望，并在对这种种欲望的满足中为自己攫取好处。

这些背负着黄金行走的人，其实正是欲望的化身，他们既满足别人的欲望，同时也满足自己的欲望。如果要问，这些人最爱什么，那一定是好货好色。如果问这些人还缺什么，那一定是道德。

与其说商人也有他们的道德，不如说商人的道德，就是一切皆可拿来交换。等价是痴人的梦想，商人总会为自己留出超值的利润。

而一个女子最大的不幸，便是拿自己青春的身体来与商人做买卖。这种买卖本身，便是蚀本的。一旦躬身做妾，她注定会赔光自己的红颜以及一生的情感。

而《江有汜》中的女子，便是一个将青春售卖给商人的人。

在“诗经时代”，商人已经从黄河行走至江汉。利润的诱导，使他们逐利的脚步越过不同领主的封地，越过不同的城郭与乡村，将五颜六色的欲望送入不同人的内心。

商人满足别人的欲望，而他们自己的欲望也需要满足。他们抛家别子，天涯为客，孤枕难眠、倍感寥落时，便也就近取材，择行商之地妙龄美貌的女子为妾。

在这场买卖中，商人得到的是年轻女子的青春，女子因此换取的是或多或少的金钱。但这些女子永世难得的，却是婚姻中至为重大的名分。在这种男女关系中，她们的身份只能介于妻子与奴隶之间。他们所面对的男子，却介于主人（老爷）与丈夫之间。身处在这种亚婚姻状态中，她们注定是受损害与受侮辱的一群人。

这些在江水边给商人做妾的女子，受了委屈，就喜欢偷偷跑到江边倾吐心中的忧烦与恼恨。而这一次，女子遭遇的是她们这一群体中最大的委屈，那便是商人要抛下她，回自己的老家去了。

这一抛，便是断绝供养，就是永不再来，便是永诀。只留下她一具残损的身体，在人世间孤苦飘零。

《诗经》里的文字，只要你给予足够的凝视，它们便会自己说话，说出那些诗行之内的隐秘。当我注视“汜”这个字的金文，我看到的是一个水边的女子。她有因烦恼悔恨而胀大如斗的头颅，有因思念成疾而消瘦如柴的身形。那身体即使枯瘦，也掩不住曾经妩媚的风姿。如果你继续注视它的篆文，会发现“汜”更像一个跪在水边喃喃自语的女子。她在绝望中祈祷，在祈祷中企盼又一年的春暖花开，情人回返。

但她看到的，不是希望，而恰恰是一幕让她肝肠寸断的情境。那大江的水啊，在奔腾中分出了支流。那支流，脱离了自己的主干，洋洋得意，恣肆盎然，好像就要别开天地，独自入海，但在不远的地方，它却又灰溜溜地流回了它曾经分出的长江。

这偷跑出来又狼狈归返的支流，多像那来去匆匆始乱终弃的商人啊，多像那个来到江汉纳娶自己为妾，给自己以人生富足的希望，如今却要独自归返的负心汉啊！

《说文·水部》曰：“汜，水别复入水也。”意即由主流分岔流出后又流回主流的水。“江有汜”，这是一句对自然世界里江水分而复合的扫描，同时也是一幅江边女子姿态的速写，就像我在江滩远远望见的那位红衣女子。

说到底，商人的纳妾，只是他兴之所至的一次旁逸斜出，是他欲望的河流东张西望的一次偶然溢出。它和那些流出的水一样，总要回复到主流中去，空留被他冲刷蹂躏过的河道以深深的伤口。

“汜”是水分出又流回主流，是对河道的抛弃与别离，而“渚”（江中小洲，分水之地），与“沱”（江水分流之处）都隐喻着浓郁的分手意味。从“汜”的肝肠寸断，继续注视“沱”的金文，我看到的是水边上的一个女子头像，她下垂的茂密长发中露出一双泪眼。尤其是你看它的篆文，这个女子下垂的一缕长发，是咬在悲愤而紧闭的嘴里的，无限的追悔中有一缕决绝的恨意在里面。

“不我以”“不我处”“不我过”，是这个绝情的男人如今给她的待遇，不再与她亲热，不再给她以奉养，甚至不再来她的居庐，看最后一眼，便掉头而去。

面向那个决绝而去的男人，她数落了一通他的负心，吐槽了一些对他的愤恨，诅咒他将来必定要后悔，必定要坐卧不宁地忧愁，必定要像一个疯子那样长歌当哭。

“悔”，是内心的一幅素描。一颗心，僵硬，冰冷，被笔直的箭射穿，而旁边是一个反顾所来之路的人形。那来路上一定发生过不愉快、不幸福的事，以致这颗心在很久之后仍然为来路的选择与遭遇而忧愁。从往事中射出的痛苦之箭穿透了如今的内心，这便是“悔”啊。悔，从来都是从过往的深处抵达如今的，它影响你的一生。

而“处”的金文更像一幅工笔，画的是一个戴虎皮冠的男子撅着屁股要往一张凳子上坐的样子，但无论怎么看，他都不像要确定坐下来安歇，反而有很浓郁的坐也不是站也不是的游移，正像一个人发愁、恼怒、追悔莫及时的模样。那个抛弃了小妾回到老家饱受妻子虐待的商人，大概就是这副模样吧？

这个被抛弃的女子，面向江水，面向自然，发出了自己对负心人的诅咒——他一定会像自己料想的那样，坐卧不宁，哭笑不得，生不如死。但诅咒完了，当把心底恨意的苦水倾倒进大江之后，她的空虚又从苦难的心底浮上来，她感到了孤独，感到了对未来命运的担忧，巨大悔意的暗夜一眨眼便将她彻底笼罩了。

当我一遍遍朗读《江有汜》，我看到的始终是江水分流之处，一个女子满盈的悔恨，伊有恨悔如江沱。所谓“其后也悔”“其后也处”“其啸也歌”，未必不是说给她自己听的一个悲苦的预言。

悔，是我们插在糟糕来路上的路标，让我们得以在导引中回到不堪回首的往事深处。恨，则是我们悲苦的内心，射向未来的毒箭。

此刻，我突然想起了巩俐和张震合演的那部王家卫的电影《手》。1960年代纸醉金迷的香港，一个年轻貌美的女子被一个男子以黄金收买为情人，厌腻之后随即将她抛弃。她也有恨悔，但更多的是孤苦无援与旷日持久的飘零。后来，她从一个交际场中的名花沦落为街边的游莺，最终贫病交加，只能用一双美丽的手，换取自己微薄而心酸的口粮。

风雨过后，绿肥红瘦，空有恨悔在西楼。

3

《诗》三百，乃悲苦之音。而《江有汜》，事实上是一首分手之诗。一个女子在长江边，面对她被抛弃后所有冷漠的日子里最冷漠的一天。从此以后，她可能仍旧是她，但所有的日子将会变得很慢很慢，慢到所有的艰难困苦都能从四面八方追到她的眼前。

从诗歌本身来看，《江有汜》是一首言简意赅的口语诗，丝毫没有文饰，是妇女面向自然、面向命运脱口而出的诅咒与哀告，是青春红颜的哀歌。它遵循的是我看见，我想起，我抒情的路数，句与句之间没有任何多余的过渡，直接从起兴落到本事，给人一种既突兀又一针见血的钝痛。

它甚至打破了《诗经》四言体的限制，多以短促而呜咽的三字一句出现。每一句便是一声抽噎，便是一次吞咽，便是一次内心的烈火燎原。

但我想说的，其实还是它的言外之意——《江有汜》是被损害、被摧毁、被抛弃的青春面向诱惑之物的讨伐，是面向大江大河的一次控诉。

它显然是超越时代的，是“诗经时代”的妇女用自身生命留给所有后世青春红颜的一方镜鉴——如果说男人的欲望如泛滥的江河，那他必然会从哪里来再回到哪里去，而女子却不能任意成为这欲望之河的河床。女子啊，请珍惜你的青春。

我们的时代，是一个资本站立起来高声呼喊而众声默然闭嘴的时代，是一个庞大而丑陋的资本向靓丽的青春红颜抛出黄金绣球的时代，是一个青春铤而走险、待价而沽的时代。我忍不住又想起了《北京爱情故事》里的杨紫曦，为了一柜子高档皮鞋和几张金卡便一次一次地抛弃尊严与爱情，奴颜婢膝委身于资本的代表。而像她那样的女子最后幡然恨悔的时候，并不是都有一个吴狄，肯去冬天冰冷的喷泉池子里为她寻找曾经抛弃的爱情戒指。甚至不会有像《手》里张震饰演的小裁缝那样的好心人，为曾经美丽的女子，送上一份力所能及的温暖。

任何一个时代，都有被糟践的青春红颜，这并不稀奇，也无法避免，但值得我们警惕的是主动拿出青春去与金钱权势做交换，并把这作为一种捷径的方法论。在我们的这个时代，多少少女为了所谓的幸福生活，在“土豪，让我们做朋友吧”的名义下，出卖着自己的肉体与灵魂。

在上海外滩，在太原柳巷，在武汉长江边上，我都见过追着奔驰车跑着哭泣的美丽少女。在我眼中，她们，都是那个《江有汜》里的女子的青春翻版。

侯德健唱过，“我们都曾经年少，什么都不知道却总是喜欢笑，只笑得月亮都弯下了腰。我们都曾经年轻，什么话也听不进，什么事都不相信”。

侯德健也唱过，趁你还年轻。“这世界属于你，只因为你年轻。”

所有美好的青春啊，所有拥有红颜美貌的少女啊，趁你还年轻，你可要抓紧，你可要珍惜，别让青春恨悔如江沱。

月亮是抛上天空的一块疤

月出皎兮，佼人僚兮。
舒窈纠兮，劳心悄兮。

月出皓兮，佼人懰(liú)兮。
舒懮(yǒu)受兮，劳心慅(cǎo)兮。

月出照兮，佼人燎兮。
舒夭绍兮，劳心惨兮。

——《诗经·陈风·月出》

1

月亮，是心灵的明镜。内心有什么，就会从月亮里看见什么。

人低着头的时候，只能看见脚下的黑暗，只有抬起头，才能看见自己的内心之光。当人类在集体的仰望中发现了宇宙之中的月亮，并在与月亮的对视中发现了内心闪烁的奥秘，他就使自己的灵魂获得了某种飞行般的自由。从这个意义上说，月亮很像全人类的母亲，使她的儿女在太阳熄灭之后得以重生，并拥有月光编织的银翅。

在足够浓郁的黑暗中，月亮升起来。此时的夜既博大无边，又紧缩在你身旁，像一间无处不在且如影随形的七尺牢房，而月亮则是这间宇宙铁牢唯一通向外界的窗子。透过它，人的眼睛看到自己脚步之外所不能抵达，不能掌控，不能拥有，不能亲近的一切可爱可亲之物。

是的，月亮给人类以夜晚的光明与自由，而从反方向看，正是一切身不由己的人类，在黑暗坠落的夜晚造就了、放飞了这自由奔放而又无处不至的光轮。

尤其是对于中国古人，月亮从来就不是一只时盈时亏的天球，不是一个独立存在的客体，它是与远方，与家园，与亲人，与朋友，尤其是与爱人捆绑在一起的。它是观月者放向宇宙的忧思之心，一只巨大而明亮的风筝，思念之线牵系在观月者心上。在古代中国人那里，月亮，从来都是从我到你，或者从你到我，就像一个多情而值得信任的信使。光与影，是它带去的承诺、宽慰与爱恋。它使不同空间、不同境遇中的心灵得以在同一片皎洁之中，为黑铁样的寂静编制同样的乐谱。

中国古人在月亮中获得救赎，月亮是他们坐在天上的宗教。

但月亮在用光明与皎洁抚慰人心的时候，有时也提纯人心里的苦味，使之浓郁如酒，锋利如刀。很少有中国人从月亮中看到长久的喜悦，即使在月满之时，因那圆满而生的短暂快乐也会马上滑向亏缺的担忧。就像一只欢乐的银币很快就会变异成忧郁的镰刀，锋刃割向人心的稻田。

作为一个喜欢望月的人，在一首短诗里，我曾写到“这月亮，其实是人心里一块明亮的疤”。这块疤，有时会因甜蜜或者忧愁而飞到天上去，向着广阔的人间发出或皎洁或幽绿的光。

在某种意义上，如果没有仰望的人心，月亮和它的光都是不存在的，星空也是一样，月亮正是因人对自我的折磨而存在。而总有一些别人，在你的记忆里，或者总有一些个“你”，在别人的记忆中，一年年像圆月般闪烁。而我们所有人，都是这样，慢慢地从青春的背景里转身老去，幻化如月。

但在青春时节，当月亮就像一个飞速闪回的快镜头里的庞然大物被突然推到我们眼前，端坐在夜晚这黑暗大幕前的你总能看到些曾经的花朵般的身姿与面孔。就像那个了不起的盖茨比，在湖对岸的绿光里，看到黛西闪闪发光的脸。当然，还可以像公元前5世纪或更久之前的某位陈国青年，在月亮里窥见让他愁肠百结的美丽爱人。

古老的陈国，在《禹贡》豫州之东，其地广大而平阔，四周没有高峻的山峦，也没有奔流的巨川，这使月亮在地平线上的出入与隐现更加自如。而这平原上的夜，正如陈国先祖祖传的黑陶，一黑到底，幽暗深邃，引人玄想。正是凭了这高深而精湛的制陶手艺，他们的子孙娶了周武王的公主，成为这宛丘之侧土地上的王者。而那位名为大姬的周公主却性好巫觋歌舞，这让民风中开始盛行巫觋之术，更让这里的夜晚充满了说不尽的神秘。

而月亮，就从那黑色的地平线后扒土而出，像一只天鹅绒样的眼睛，突然睁开，给夜愁在胸腔火样灼烧的青年送来了露水的清凉。

2

青春期里的青年男子总是苦闷，而苦闷是幻想最强大的生发器。

在云开月出的一刹那，月亮唯美的形体、光芒以及质感，便这样迅速对应了一个美丽女子的面庞、身姿、步态以及袅袅而来的气息。这位借男子幻想而生的美少女可能就沐浴在此刻的月光之下，花丛中甚或某只浴盆里，这皆有可能，而幻想中的窥望者——那个男子就躲在远处的假山后或者卧于窗棂下的阴影里，这并不重要。而更有可能的是，美人并不在眼前的月光下而远在另外一个国度、另一个时空，是对月者在望月的时候因思念而出现了幻觉，而美少女是在月光般的幻觉中迈着唯美的步态携着虚拟的体香向痴迷者走来。

“月出皎兮，佼人僚兮”，月亮在破云而出的一刹那，就用皎洁之光塑造出一个美人。但这美人并不是裸露的，不，她周身笼在轻纱之中，只露出一抹香腮与两只明亮的美眸。“僚”，真是一个耐人寻味又充满无限诱惑的字眼啊，让人想象一缕清风拂开月下脸上的轻纱，她的眼睛在浓密的睫毛之后如星光扑闪。这虚构出的形象迅速击中了那位幻想者，他甚至看到美人迈着舒缓的步态向着自己款款走来，那么窈窕多姿，那么暗香袭人。一瞬间，他感到了心跳，跳得疼痛，那女子走得越近，他的心痛就越为剧烈。但这是幸福的疼痛啊。这幸福而沉重的幻觉就像一颗巨石压着他，令他在激动中喘息。

而这时的月亮朝着地上的青年一跃，完全从云中跳出洁白的身体。那幻觉中的美人立即一个飞旋，在轻纱之间开始曼舞。“忉”字的繁体字为“懰”，就像这个美人的舞姿一样复杂而美好，那里面既有水一样的温柔，又有金属刀剑般的锋利，但舞出的每一步都令男子心惊，都使他的内心从里向外长草。这个读作草的“慅”字是多么象形而贴切啊。男子心中因爱而生的忧愁就像跳蚤一样，既幸福又难过得浑身痒痒。就在这奇痒难耐、忧心如焚的时刻，那女子忽然间笑了，笑得灿烂无比，像一丛夜晚开放在床头的百合。

“月出照兮，佼人燎兮”，这真已经到了令人惊心动魄的程度。一个“照”字，突兀，突然，又光明正大，像一个猝不及防的快镜头，将月亮拉到了思恋者的眼前。一个“燎”字用得太好，太深，太热烈，使那个美人明艳得像一丛奔跑中的玫瑰，浑身都要燃烧起来了。她散发出巨大的光热与爱意，使思恋她的人在一种类似于玩火自焚的境地中无力自拔。他终于一个大步飞身上前扑进那既过分甜蜜又过分痛苦的欲生欲死之境，像一只扑火的飞蛾。

但他随即跌出了自己疯狂而甜蜜的幻想之外。一抬头，月亮又消失在云层之后。

月亮使一切成为可能，月亮又使一切成为虚无与遗忘。思念者只能将自己囚禁在月亮里，囚禁在因月亮而生的美人想象中。

3

“月亮代表我的心。”1977年，经过邓丽君深情的演绎，这七个字成为全球华人内心的一道闪电。

月亮，是中国人青春爱情文化中最为明亮也最为忧伤的符号。

而这一传统源自《诗经》，源自这首虽短小却又无限绵延着的《月出》。它几乎是《诗经·国风》中唯一一次明确、丰富而犀利地写到月亮(《东方之日》《日月》等篇中也都曾提及“月”，但都甚为粗略)，它引导了后来的巫山云雨想象与洛水女神传奇，更开启了中国诗歌见月怀人的美学之径。

《月出》无疑是一首明亮的诗，但我也看到了一位上古时代的不知名的诗人在短短的几行诗里营造出的巨大黑暗，而为了不让这无垠的黑暗显得过于死寂，他又凭空制造出这颗伤疤式的白月亮。但月亮的出现，又使黑暗的空间更为巨大。就像一声鸟鸣，使林间的寂静更为幽深。

使我暗自惊讶的是，诗人竟然以完全对举的方式推出了“月出皎兮，美人僚兮”这一句，并在两次的重复中步步加深，这是一个貌似柔软但语气坚硬的陈述（而绝非描写）。在诗人或者说在诗人代言的陈国青年眼里，月与美人是合一的，或者说美人与月是一体的两面，或者更直接地说，月便是飞在天上的美人，美人便是行走在地上的月亮。就像一枚银币，只有正反，没有高下，没有本体与喻体之分，她们是绑在一起的，窥探与思念的眼睛是那条联系一切的绳索。或者说，是诗使一切充满了联系，是诗赋予了人以自然天体的地位，或者使天体成为人的一部分。这是《诗经》的伟大，也是诗使我们感到无比愉悦的奥秘。

在月亮与美人之间，是思念者寻索的眼睛在穿越。而在美丽与忧愁之间，是因难以掌控而生的痛苦在弥漫。当一个青春期的男子面对美丽之物，他心中生出的如果不是欣喜而是痛苦，那便证明这个人还不曾拥有或者不能长久拥有那种他想要的美。

“对面山的那个圪梁梁上站着是一个谁？那就是我那要命的二啦妹妹。”这是一个中国北方山地青年面对他无法掌控与拥有的美丽时嘶喊出的歌声。这里的山上没有月亮，也或许这个男子根本没有心思去看头顶上的月亮，他眼中、心中唯一的月亮，便是那个山梁上站立的又不属于他的二妹妹。面对这只活在人间的月亮，他只能把泪水滴在夜晚的深谷。

面对月亮下的青春，我不得不说一切皆会衰老，只有爱情的欲望永不疲倦，折磨着人也推动着人，仰望并向前探寻。这又让我想起了姜文电影《一步之遥》中那个著名的桥段，一颗巨大、丰硕而洁白的月亮，两个情人在幻觉之中朝着爱情不老的方向，向上，向上，并一去不回。

为什么青春要去别处开花

硕鼠硕鼠，无食我黍。
三岁贯女，莫我肯顾。
逝将去女，适彼乐土。
乐土乐土，爰得我所。

——《诗经·魏风·硕鼠》（首章）

1

很多很多年以前，一个叫陆机的南方人被北方的老鼠吓了一跳。当第一次见到这种他以前在自己热爱的南方从未见过的巨鼠时，他既感到新奇，又感到恐惧，于是忍不住在文章中记下了这种黄河东岸近乎精怪的大鼠。

他写道："今日我在河东见到一种大老鼠，它们能像人一样直立起来，把两只前脚抱在脖子上走来走去。它们一点都不惧人，奔走时吱吱叫着就像在唱一种它们的歌，它们还会跳舞，但它们最经常的活动是在田地中大摇大摆地盗食农夫的禾苗。当忍无可忍的农夫前来驱逐它们的时候，这些盗窃者就恶作剧似的一跃，得意扬扬地跳到空中的树枝上。它们看起来本领非凡，于是当地人又叫它们雀鼠。"

当然，出身江南贵胄之家的大才子陆机此前不可能没有见过老鼠，因为江东肯定是有老鼠的，否则出生于河东的武圣关羽在提起孙权和陆机的祖先们时，也就不会轻蔑地使用那个著名的比喻："江东群鼠！"但可以肯定陆机在南方所经见的老鼠绝对没有北方这么肥硕而奸狡。

对这种北方老鼠印象深刻的不仅仅只有年轻的南方人陆机。早于陆机两百年，一个叫许慎的东汉人，就在他的著作中写过这种可怕且可厌的老鼠。在他看来，这种体形巨大的老鼠很不一般，它们似乎综合了很多其他动物的生存技能而拥有了类似于妖精一般的本领，能飞，能游，能爬，能走，能钻洞。于是，他将这种硕鼠称为“五技鼠”。但许慎又认为，这些貌似强大的老鼠其实很有局限性，因为它们虽然能跳跃却跳不上房顶，会游水但是渡不过河谷，能攀爬但是上不了树，能行走却比人要慢很多，能打洞却总是掩藏不住自己。

许慎的意思很可能是，这些老鼠其实也有技穷的时候，人类不应该惧怕这些可恶的盗食者。许慎的思考显然是正确的，因为比他早至少七百年，比陆机早一千年或者更久的古魏国人，就在对这种硕鼠的长期忍受中，发出过愤怒的喊打声。

我们所说的这个魏国，并不是历史上韩、赵、魏三家分晋而分出的那个魏，不是成语“围魏救赵”里那个“魏”，而是在晋国强大起来之前，被周武王分封给自己同姓亲族的那个古老魏国。在《禹贡》的地理图上，这个魏国在“冀州雷首之北，析城以西”，它的南面是黄河拐弯的地方，而东面则接着那条后来流经三晋大地的汾河。《水经注》里说得明白，汾河向西流入黄河的地方，就是古魏国的旧都。

这片被两条河流夹在其中的国家虽然褊狭而贫瘠，但它同时又是一片拥有无限光荣与梦想的土地，因为古代中国的大圣人舜和他的事业继承人禹都曾在这里生活并留下了美德。这里的国民尤其是青年一代因沐浴圣贤之光而如英如玉，勃发向上。这值得赞美的一代，勤俭朴素，志向远大，他们既孝敬父母，对家庭和亲人充满感情，又能忠于国家，热心参与社会公共事务。他们普遍拒绝奢侈淫逸，就连地位尊贵、拥有大量财富的青年贵族也亲自到汾河边的田野上参加劳动，贵妇织布缝衣，公卿课农树桑。而底层青年公务员们更是品德高尚，积极作为，皆以空食俸禄、尸位素餐为耻。

但这个本来充满了无限希望的国家，却很快走向了噩梦似的毁灭。而先于国家毁灭的是青年之心的毁灭。而毁灭青年的，是两只老鼠。一只横行在乡间田野上，另一只横行在朝廷里。前者毁灭青年赖以生存的基础，后者毁灭青年赖以发展的希望。种田的青年既被前一种老鼠骚扰、盗窃，又被后一种老鼠横征暴敛，最终到了难以活命的“血线”之下。而才华横溢且忧心国事的青年精英也被后一种老鼠虐待、排挤，最终赶出了朝廷。他们被流放到偏远之地，满腹才华却一无所用，只能在了无人迹的汾河边伐檀造车。而再精美的车在清且涟漪的河水中也是百无一用的，正如青年的才华在末世的河水中只能打出一个惘然的水漂。

那只朝廷里的大老鼠——国君，是一个褊急而吝啬成性的家伙。他没有王者应有的宏图远略，从没想过带领国家的青年精英们在向外的开拓进取中实现国家的兴旺发达，而只以斤斤计较蝇头小利为能事，更可恨的是，他总是厚颜无耻地与民争利，横征暴敛，贪得无厌，一再加重赋税，令底层青年民众忍无可忍，活无可活。

于是这个国家充满血性的青年们终于决定反抗这只老鼠。他们用两脚投票，少数心灰意冷者归隐于十亩桑田之间，而更多的人则以决绝的姿态离开了这片令他们伤心绝望的土地，远走他乡寻找心中的乐国。一片没有青年为它奉献青春的土地，怎么可能收获辉煌与梦想，怎么可能不走向必然的灭亡！

阅读《魏风》，就像阅读一部毁灭史，就像观看一出走向悲惨之境的舞台剧，而直到最后，诗人才用一只被追打揭示出来的《硕鼠》，告诉你：为什么青春的眼眶里总是饱含着热泪，为什么青春的喉咙里总是迸溅着烈火样的愤怒。

2

为什么青春的喉咙总要在叛逆中呐喊？因为生活总是在别处。

为什么生活总是在别处？因为青春总想着去别处开花。

为什么青春非要去别处开花？因为青春的种子在近处总是找不到让它生根发芽、粲然绽放的花盆与浇水壶，而青春的窗台上又总是隐伏着灰老鼠。

其实，在我们这个时代，或者说任何一个蓬勃生长的大时代，拥有才华和志向的青年对社会所期待的，也许并不是那种安逸、富足而略显平庸的生活，而常常是一种对自身价值观的肯定与接纳，以及实现这种价值诉求的环境与空间。但青年们在现实中遭遇的，却常常不是他所期望的那张笑脸、那只引导并助推他努力向前的温暖的手，而是一种与其价值观恰成反面、针锋相对的灰色力量。这种势必要将青年导向平庸之境的灰色力量，长着一张老鼠的尖脸。它的触须与利牙，它短视的小眼珠，在你走向社会的那一刻，就会讨厌地伸到你面前，喷射出腐朽的臭气。

是的，就像我们在青春剧中看到的那样，每一具青春，都有属于它自己的喜剧，也必将面临它自己的悲剧。而生活总是对青春的内心喜剧视而不见，不理不睬，而一反手便毫不留情地把你推进一个悲剧之中，比如，给你一间潮湿烦闷的屋子，然后再给你一只灰老鼠。

几乎没有一个人能将灰老鼠养成他自己的青春宠物。而几乎所有的人，都将被这只巨大而几乎无所不能的老鼠骚扰，威胁，进而不得不打破这房间里唯一的窗子，冲到外面透一口气，晒一晒久违的阳光。

然而，有青春处，必有硕鼠。因为青春与硕鼠好像天生便是仇敌。老鼠可能放过一切，但偏偏就不放过青春的馅饼与奶酪。好像青春的小鲜肉们是可欺的，幼稚的，逆来顺受的，必须被剥削与挤兑的。而有硕鼠处，必定万马齐喑，必定一片狼藉，必定有沉默中的爆发。当那些勤勤恳恳工作、辛辛苦苦奉献却得不到承认，反被孤立、被压制、被惩罚的青春忍无可忍时，他们只能像古魏国的青年农夫，从喉咙深处迸出一声怒吼，起来反叛并讨伐这只黑暗而庞大的老鼠。

这就是为什么当年的俄罗斯青年贵族们宁可被剥夺爵禄、宁可被流放西伯利亚也非要在莫斯科宫廷外的广场上来一场必然要失败的十二月起义。因为他们要为自由呼喊！这就是为什么日本幕府末期会有那么多才华横溢的青年志士宁可脱藩，宁可冒着杀头的危险，也要离开压制、束缚自己的藩国，前往江户与京都寻找自己想要的生活。因为他们要寻找自己与国家的未来！这也是为什么当年在国统区生活优裕的青年一代，非要背叛自己高贵的家庭和身为名流的父母而奔往革命的延安，谱写青春之歌。因为他们想有一片理想的天空！

当青春很难面对幸福一览无余的田野，且经常遭遇莫我肯顾的巨鼠时，尤其是这只巨鼠不但偷偷摸摸，还要跳上你的头顶称王称霸，左右你的头脑、捆缚你的灵魂、限制你的身体时，你必须大喊一声，并拱起脊背把它甩脱，然后以精神流浪者的姿态前往生活的别处，开辟乐土。

3

《硕鼠》是一个国家诗篇的结局，就像诗剧终场时的一串响亮而突兀的鼓点，结束了一个旧时代，但它同时导向一个崭新的未来，开辟一种令人振奋的新生活。

作为一个灰色的存在，“硕鼠”成为苦难现世生活的象征，以便人类从更低、更暗处仰望乐土的幸福。正是为了摆脱这只命运的硕鼠，摩西率领的以色列人才出埃及过红海抵达了那流淌奶和蜜的中东之地，从而开创了人类的新世纪。

“远方的天空总是那么蓝，我却藏在潮湿的角落里。生活好比那黑夜里漫长的路，走过的人他从不说出来。”而我今天向你说出来，一切生活在低地里的青春生命啊，如果你不能在近处的花盆里找到你想要的幸福，就请你赶紧跳出来，请反叛那只命运的灰老鼠，背起行囊走到远方的蓝天与白云下，让青春自己开花。

绸缪在青春的柴堆上

绸缪束薪，三星在天。
今夕何夕，见此良人？
子兮子兮，如此良人何？

绸缪束刍，三星在隅。
今夕何夕，见此邂逅？
子兮子兮，如此邂逅何？

绸缪束楚，三星在户。
今夕何夕，见此粲者？
子兮子兮，如此粲者何？

——《诗经·唐风·绸缪》

1

20世纪90年代，在我的家乡，一个北方小镇十月的夜晚，一对在谷草堆上看着星星私会的少男少女葬身于偶发的大火。

这对从小镇中学晚自习课上逃学出来的少男少女，在当时尚没有咖啡厅和小公园以及量贩式KTV的小镇，在这个星辰璀璨的秋夜，不约而同地选择了丰收之后随处堆积在镇里镇外的谷草堆。

他与她爬到三米高的草堆顶上，星星为他们点亮早恋的明灯。他们喃喃耳语，继而热烈地缠绵，然后他们从堆顶上刨出一个洞，滑落到谷草的深处，像两条彼此相悦的鱼儿沉入水底那样。在那种散发着新鲜谷草气息的暖烘烘的漆黑中，一颗禁果垂落。

这本来是只属于他与她青春期里因早熟而斩获的隐秘，除了无言的星星与此刻草堆中鸣唱的蟋蟀，无人知晓。但是，他无所顾忌地点燃的一支香烟，以及茫然无知的片刻沉睡，使谷草堆中的青春情事引发出一场被数百人集体见证的冲天大火。

这是我所经历的诸般青春残酷事件中，最为况味复杂的一件往事。它让我对青春时代的谷草堆，充满了既甜蜜又灼痛的记忆。

对大地上生机勃勃的生命而言，青春无非是一个盛大的柴草堆，既漆黑、刺人，又温热、甜蜜，有着只有你知我知的快意、欣喜与莫大的刺激隐在其中，但它作为一个虚置的空间，又充满了随处可见的危险。而绸缪在柴草堆上的青春，便是如履薄冰的行走，便是火中取栗的冒险。一有不慎，便是寒彻骨髓，便是火炭灼胸。

但是，也并非所有发生在柴草堆上的青春爱情都会葬身于火，相反，星辰朗照的柴草堆，其实可以成为青春爱情的温床，青涩的他与她，在此得享生命中至为甜蜜的夜晚。

多年之后，当我开始亲近诗歌，当我每一次诵读《诗经·唐风·绸缪》，我都会想，那对小镇上的少男少女，如果不像他们当年那般性急而躁动，那般为了摘取禁果而忘乎所以不顾一切，如果他们能像《绸缪》里的这对爱人一般，深情而羞涩地对望，感叹彼此的美好，将爱情的冲动寄托于充满希望的未来，那该多好啊。

因为，早已随火光俱为灰烬的他与她，都是我少年时的伙伴。而我此生对《绸缪》的每一次吟诵，都是对他与她的一次纪念。

2

在地隘民贫的古老唐地，即使一根谷草也是值得珍惜的财富。这些曾经为谷穗输送过养分的禾谷的茎叶，在丰收之后便光秃秃地枯萎在田地里一任风吹日晒。农夫将它们割倒，并束缚成捆，挑回房前屋后堆成巨大的草堆。这种被农夫称为秸秆的谷草，将成为冬天里炉灶中填充的燃料以及牛马嘴里的饲料，它们将化作阵阵炊烟或者牛马肌肉中新生的气力，继续播撒在明年开春的沃土之中。

这些谷草常常与农家的柴堆一起归置码放，成为家家户户不可或缺的物质财富。而为了防止乡村的绵绵秋雨使谷草和柴薪潮湿、腐烂、变质，或者被秋天的大风吹散倒塌，每一家的柴草堆都用麻绳或者皮条紧紧地捆扎，有的柴草堆上还加有防雨的尖顶。这种在秋雨来临之前，用麻绳、皮条捆扎谷草以防雨的农事行为，后来被人称作未雨绸缪。

“宜未雨而绸缪，勿临渴而掘井。”这成为每一个乡村农夫都熟记于心的农谚。

而在秋雨造访之前的夜晚，常常光临在农家柴草堆上的，却是点着灯却不说话的星星。如果将满天的星星分为传说中的二十八宿，那么在深秋之夜里点灯执勤的，却是西方白虎七宿中最小的弟弟——参宿。

如果我们回返到古文字的河流中，审视“参”这个后来被附加了诸多读音的字，我们会发现它诞生在甲骨上的时候，其实是一幅有趣的图画——一个人的头上顶着三颗星星。而在稍后的青铜器时代，这人头顶上的三颗星星则更加明亮。而如果我们继续观照一下“星”这个美丽的象形字，我们会惊讶地发现，金文中的“星”极像一个柴草堆上顶着三颗明亮的星。而直到篆文时期，才将星星下的柴草堆，整齐化为隐约的“生”——草木生于泥土。

这些会说话的文字告诉了我们一切。所谓“绸缪束薪，三星在天”，其实是一幅静谧而星光闪烁的乡村秋夜素描。广阔的天穹，星星低低地垂挂，高大而丰硕的柴草堆像静夜里鼓胀的乳房，有兴致勃勃不知疲倦的蟋蟀，隐在其中咏唱欢悦的情曲。

这时，便应该有佳期暗约的人前来，于星光下私会。在忙碌而丰厚的收获季节过后，当粮食入仓而天尚未寒，暗涌中勃动的青春要在此良夜中寻求呼应。

果然，他来了，而她也来了。黑暗中，四目相对，星星便在彼此的眼眸中闪烁。彼此熟悉的容颜，经过星光的洗涤、装点与修饰，便焕发出完全异样的姿彩。哦，我所热爱的你啊，在这么美好的夜晚，既是熟悉的，又是崭新的，你是星星的宠儿。

哦，今夜是怎样的一个夜啊，如此惬意，如此有福，如此喜悦，竟然让我见到这般好的一个人儿。她仿佛是银河里采莲的玉女，而他，亦仿佛是在星河上划船的金童。

此刻，他们一同来到这静夜的人间，来到这夜海中岛屿般的柴草堆前，是今生，又仿佛前世，便已相遇并相知。那么此刻，让我们一同爬上这高高的柴草堆吧，让我们一起在高处相拥，一起看着星星许下爱情的誓言，并用整整一生的爱去验证它。

“今夕何夕，见此良人?”这是对熟悉的爱人有了重新发现之后突然生出的大惊讶，不是疑问，而是双眼被突如其来的容光晃花之后脱口而出的大喟叹，有无尽的大喜悦、大幸福、大满足、大感恩在其中。这就像在她的生日宴会上，厅堂里顶灯、壁灯完全熄灭之后，轻柔的音乐声响起来，烛光一点一点亮起来，她装饰一新的容颜在烛光之间如莲花一瓣一瓣地绽放在你眼前。

在青春的星空下约会过的少年，见到这样一个大异于平时想象的爱人，一定会大脑瞬时间短路，便会失去一切时间感与空间感，不知道身在何时，何处，眼中唯有她并被她占满，而那一刻，便是永恒。

他与她终于爬上了高高的柴草堆。此刻，星星不是在天，而就在他们的头顶，美好，璀璨，照亮这私会之夜的爱情。他一定紧紧地拥抱着她，就像那皮条紧紧地束缚着幽香的柴草。而她也一定在甜蜜中慌乱并隐隐期待着更加幸福的什么。但是，他显然更加慌乱而不知所措。面对这样一个美丽而娇嫩的爱人，在这样一个万籁俱寂、星星作证的夜晚，他茫然了。耳语、拥抱之后，他不知道自己应该继续做些什么。星星目睹了这青春的懵懂无知，然后咧嘴微笑了。

“子兮子兮，如此良人何？”这同样不是疑问，而是青春的迷惑不解。他不问任何人，而只把解疑释惑的权利，给头顶的星星，给广阔的时间。

或许，这青春年少的男子也并非不知道该如何面对这柴草堆上的美丽爱人。毕竟，在缠绵的柴草堆上，一切都是可无师自通的。但是，他之所以感叹，之所以茫然，是因为，面对这爱人的美好，他心生怜惜。他把他们爱情最大的幸福，留给了将来。

他们就这样在草堆顶上相拥了一夜，看那星星在天空中做梦。像一个滑梯上睡着了的孩子，越睡越低。你看，那星星先是在草堆顶上，慢慢就跌到了远方的屋角，而一不留神，它便又跌到了别人家的窗子上，去照耀别人的美梦。

而在他的眼里，星星每走一步，她便更美、更新一分，以致他每看她一眼，都像他们爱情中的初见。多少人感叹，人生若只如初见，这其实是发自多么麻木而疲倦的内心啊。如果你能像这星星下草堆上的男子，不停地在深爱中发现她不断涌现的崭新，那么每一眼，便都是万般怿悦的邂逅。她在你的眼睛中，只会更加鲜明、光洁、秀美而艳丽，如一朵越开越新的永恒之花。

星星终于落下，她在他的怀中疲倦而满足地安睡，如一粒精白的香米，睡在自己的勺中。

“皎皎彼姝子，灼灼怀春粲。”他怀抱这美好，迎接了清新而灿烂的朝霞。

3

《绸缪》是一首缠绵之歌。青春之夜里的星光、呢喃、耳鬓斯磨以及略感茫然的喟叹与由衷的赞美，使这首来自远古时代的小诗成为爱情永恒的绝唱。

“绸缪”这个词天生与青春相关，除了缠绵的象征语义之外，这个词提供的其实是一种劝导与告诫——请在事前做好充分的准备，而这一生命的劝导正是对青春的启发与指引。

如果说青春是为整个生命提供光与热的柴垛，那么青春之后的整个青年与中年时期，则可能是一个漫长的雨季，甚至是台风季。要想生命在狂风暴雨中有所创造，青春的火光就必须燃烧得足够暖，照亮得足够远。

我们不可辜负朗照过青春柴垛的星光，我们要保存那星光，并将它植入生命的骨髓深处，使自己成为一个精神明亮、内心永远充满光与热的人。

甚至可以说，青春期便是一个绸缪期——在生命的雨季来临之前，我们理应缠束好青春纷乱如麻的情绪，诸如一切盲动、躁动以及异动，让生命在理性的明朗与齐整中勃发出更加强大而绵厚的力量，开拓出更加深广的空间。

你的一生能走多远，飞多高，你的飞翔究竟能有多美，归根结底，要看你的青春都准备了些什么。你是否已用足够的耐心，储备好了你的学识、经验以及爱的能力？你是否已经学会用双脚使自己站稳，用双臂学会扶持，用一颗心学会去爱？在每一个青春无眠的夜晚，当星光照耀时，你可以试着去回答。

在我们这个时代，青春的柴垛上充满了诱惑，而一切诱惑又多可以即时性地满足。很多人都把生命当作一个ATM——可以永远预支提现的自动提款机。这种一切皆可预支消费的迷梦，这种我名之为ATM一般的青春幻觉，很容易使人对生命的未来充满蔑视。多少少年，在短暂的青春期便已透支自己的一生，包括精力，情爱，喜悦甚至悲哀与忧伤。多少少年在如梦如花的季节，已经像一个暮年的老者那样，失去爱与被爱的能力，甚至失去欢笑与哭泣的能力。只要你进入青春社交网站，或者拿起智能手机浏览社交软件里每时每刻更新的留言栏，你便知道我并不是在夸张与说谎。事实便是，多少青春期里的少男少女已经迷乱失路，找不到生命延续的明确方向。终其一生，迷若浮萍。

一切值得期待的生命，一切对自我充满期许的青春，都理应未雨绸缪，都理应在星星点灯的黎明之前，一脚一脚走向未知的前程。千万不要担忧你在绸缪的过程中生命已经滑落，已经变老。相反，青春期里所有为积攒能量而付出的时光都只能使你的青春延续得更加长久。

所有未雨绸缪过的花季，即使要在未来经历风雨，那风雨也必将使繁花再现青春。

在青春的水边追梦

蒹葭苍苍，白露为霜。
所谓伊人，在水一方。
溯洄从之，道阻且长。
溯游从之，宛在水中央。

——《诗经·秦风·蒹葭》（首章）

1

大水退去。陆地浮升，一块，两块，三块，点缀在水与水之间。人们和牛羊从远处回来，上升的炊烟拉起了新生活的屋檐。

当治水成功的大禹登高远望，目睹最终高卧在水中的九块陆地，一个“九州”的概念荡出了心胸，他为此融铜铸鼎，并以“九州”命名这个经他改造并因他而走向幸福的新世界。

“州”，便是水中的陆地啊。这个象形的汉字，就像大禹站在宇宙的高处通过时光网络发给后世的一个平面截图。那浩浩汤汤、川流不息的水中央、水边上，星星点点拱起的便是洪水初落时古人看见的陆地啊。而我们作为陆地上渺小的人类，其实也和鱼类一样是被水所包裹并围困的事物。只是我们因眼界太窄而并不自觉，只会觉得脚下的土地已太过厚实、广大与丰富，只有那些走过最远最远的路一直走到水边上的人，才会蓦然发觉自己的孤独与单调，才明白在水的另一方，其实还有另一个更阔大而未知的世界，还有着更为神秘而陌生的美。而在遥远的未来，我们存身的世界也许还会像梅尔杰布逊的电影《未来水世界》那样，重新变回一片汪洋，人类脚下的陆地将再次消逝在水中。

从这个意义上说，我们人类其实只是暂存于水中的孤岛并彼此眺望，我和我眺望的你，你和你想念的他，都是依水而居且“在水一方”的那个“伊人”。这一面的我，那一面的你，以及你对面的他，于对方而言都是地理和心理上的别处。而美，而情感，就在我们彼此的眺望、寻索、爱慕与思念中悄然产生。

因水而生的距离，使大水另一岸的人物与风景开始成为神秘而美丽的事物。而我们自己，作为另外一块陆地上的人眼中的风景，同样也是美的。尤其是在我们都还年轻的时候，总是对这种青春另一岸的美，充满心动与立即前往求索的渴望。这是因为青春天生对在水一方、对未知充满了热切的兴趣，总是认为那些可望而不可即的，才美，才幸福，才富有追寻的价值与意义。

20世纪80年代，一位叫查海生的安徽青年在北京枯寂萧索的夜晚写下了“面朝大海，春暖花开”。八个汉字，石破天惊，如电光火石在大海与春天之间铺平了道路，引领整整一代青年走上追梦寻美的旅途。

而在两千五百年甚至更久之前的水岸边，一个秦国青年在清霜初降的静夜做了一个关于美的梦。他梦见在自家篱笆外的河流的尽头，有一位白衣美女在向他的青春轻轻招手。于是在太阳尚未起身的清晨，辗转反侧了一整夜的青年收拾行装出门远行，来到这烟波浩渺的秋水边，开始了寻访他在水一方的爱人的旅程。

青苍的芦苇就像一道道天然的迷障，摇曳在秋天的水与水之间，也横亘在这个青年与他的梦中伊人之间。这是水落石出的秋天，但梦里的伊人却像一个走失的答案，隐没在任何一块可能的石头之下。

夜晚的清霜此时凝结在芦苇披拂的叶片上，像夜晚留给早晨的一声轻叹。水中的沙洲上有两只白色的水鸟，它们啄食着秋虫的早餐。它们是伊人留在水畔的白鞋子吗？

他长久地走在那条大河边上，他已经走湿了自己的裤脚与鞋子，他能找到他心仪的美人么？

2

望穿秋水，苇丛如梦。但梦里的伊人一定是存在的，她就在这条大河的另一边。他甚至好几次都看到她那裙带飘飘的背影。

太阳渐渐升起来了，世界开始明朗，万物的色彩更加鲜艳，但那白色的身影总是曼妙地一晃，便再次消隐在对岸的芦苇丛中。阳光照在湿漉漉的苇叶上，芦苇像一群刚刚哭过的青衣少女。

“你们这些穿青衣披长发的芦苇啊，能否告诉我，我找的伊人究竟在哪里？你们能否告诉她，我已因爱成疾！”

秋风一阵一阵吹过，芦苇们向着河流的上游倾倒，飘摇。“芦苇啊，头朝上游的芦苇，这是你们对我的启示么？我的伊人她在你们所指引的地方么？”

他于是起身提起鞋子，顺着河岸的沙路逆流而上。这溯回的道路是多么漫长而崎岖啊，尖利的石子磕破了他的脚，生有倒刺的藤蔓划破了他的腿，榆树桩子还绊倒了他许多次，他甚至还磕肿了额头，但这没有什么了不起。令他伤心不已的是，他终于抵达的河源也只是一片青青的芦苇。绿帐空空，伊人，仍像一个水上的梦幻，不知所踪。

他的泪水一颗一颗落下来，溅在河边的白石上。怎么办呢？就这样放弃么，就这样从哪里来回到哪里去，重新做一个篱笆后种菜耕田的农夫么？继续像自己的乡亲们那样，穿起征衣抄起戈矛，去为君侯的伟业征战杀伐么？不，那样的人生何异于一只被人牵着走的狗，何异于劳死于田间的牛马与圈里待宰的猪羊？不，我要顺着这条梦的绳索，在这芦苇丛生的河岸上找到梦中的白衣美人。她将使我的人生与别人完全不同，她将完全改变我的命运。但她究竟会在哪里呢？

他再次顺流而下，在回返的路上，他开始思索，美丽的伊人为什么一直躲避我呢？为什么每次一看到我急匆匆奔向她的脚步，她就要隐藏起来呢？难道，她不愿我走近她么？不愿我站到她眼前欣赏她么？不愿我带她回到我的村庄与篱笆墙围拢的田园么？是啊，我为什么非要带她回我的田园呢？难道我不是因为她的引领才从那里出走的么？我为什么要生出占有她的非分之心呢？难道，我远远看见她的美，把她保存在我的心里还不够么？难道她的美还不足以占满我的心灵并使我因此改变自己的人生么？

他恍然大悟了。羞涩与惭愧使他太阳下年轻的面孔变得通红而燥热。他刚刚还懵懂若聋的双耳此时突然听到了婉转的鸟鸣。一群蓝色的水鸟从身后展平双翼飞过了他的头顶，并向河心的方向飞去。当他抬头追着那鸟群的尾羽看去的时候，突然，他的视野里出现了那个洁白如玉的美人。

美人使河水变得具体，使河水两岸的一切草木都显得清晰无比。那美人像随着一朵波浪刚刚从河心升上来的那样，娴雅，安静，一尘不染地站在沙洲上。涟漪在她的脚下一圈一圈荡漾，有河底的小鱼儿在水面上嬉戏，吹气，吐泡儿。她对着满天的阳光浅笑，阳光在她的脖颈和脸颊上织出了金黄的丝绸，她慢慢转过身朝河岸上的青年看过来——

从生的芦苇，不再像一个青色的谜。这些穿青衣的河岸少女开始齐声歌唱。而秋水潺潺，就像一个荡漾着张开了一切奥秘的答案。若有所悟，大脑洞明，青年慢慢合上了自己的眼睛。

从此之后，每一个清晨，河边的芦苇丛中都会出现这个青年的身影。后来，他成为这条河流两岸终身的诗人，并被芦苇加冠。

再后来，有更多的青年听着诗人的歌谣来到这条芦苇青青的河边，寻访诗人以及他的美人传说。

3

2015年1月29日凌晨，北方飞雪，天地银白。

在“永远的邓丽君”诞辰纪念日的凌晨，我坐在书房里一遍一遍反复倾听她演唱的《在水一方》，甜糯的声音中似有悲苦，这深情款款的歌声忽然就如绵延的静电使我浑身震颤。我顿时感觉这来自于“诗经时代”并经琼瑶之手改成的歌词，是唱给一切青春里的爱人们听的，也是唱给不可捉摸与把握的命运听的。

《甜蜜蜜》里的李翘乘船远去，留下黎小军一个人在深夜的码头思念那越走越远的爱人。时光荏苒，当走失在水中的老情人再次相遇在曼哈顿岛的海水边时，海风已经吹过了他们多少年的青春。

《海角七号》里的青年教师乘船渡海，留下她的学生、爱人友子空守孤岛。六十年后，已入古稀的友子终于辗转收到了当年情人的书信：我将一辈子不愿再看见大海。海风啊，为何总是带来哭声呢？想着你未来可能的幸福我总是会哭，只是我的泪水，总是在涌出前就被海风吹干。涌不出泪水的哭泣，让我更苍老了。原本以为我能将美好回忆妥善打包，到头来却发现我能携走的只有虚无。我真的很想你！啊，彩虹！但愿这彩虹的两端，足以跨过海洋，连接我和你！

而吴宇森导演的《太平轮》更像一个“在水一方”的寓言。台湾医生严泽坤每次想到他乘船归国的恋人志村雅子，就会跑到绿草青青的大海边遥望，呼喊。而那条搭载着更多人前来这孤岛上寻找在水一方恋人的太平轮，最终却沉没在命运的海峡之间。

凡是浪漫的，总是带着淡淡的感伤。而“所谓伊人，在水一方”正是这样浪漫而感伤，让人读着读着就悄悄想哭。尤其是在这样的凌晨，当我因“在水一方”带来的伤感而重新读起《蒹葭》，我再次感受到它深刻细腻的浪漫与巨大深邃的茫然。无论那伊人是美女，还是智者贤人，抑或是美和道的化身，这并不重要，重要的是，那秋水一般不可逾越的距离，蒹葭一般遮蔽着的美，以及使寻访者迷乱的命运，都使我深深着迷。这个玄奥的美学命题，同时也是一个甜蜜的伤口，它已经折磨了一代又一代读诗寻美的人，而且我相信，它还将继续折磨下去。只要人类求美求真之心不灭，这种折磨，将永远生机勃勃。

伊人如梦，青春的追梦客啊，请到命运的水边上去寻她。但你要知道，美就是美，梦想就是梦想，她总像近在眼前却又触不可及。你不要奢望将这过分美好的东西攥在手心里，因为占有即毁灭。就让你心仪的美、你的梦想留在青春的水边吧，这样当你在人生的旅途中溯洄，当你在水一方眺望，会发现那水中央宛在的记忆。

请切记，美，无法占有，而只能在感受中欣赏。而感受，必须保持一个合适的距离，不远不近，恰在微妙之间。

请给你的美一个适当的距离，就像给花朵土壤与空气，等她生长，等她绽放，等她吐气如兰。

在生活的确定性之中欣喜

于以采蘋？南涧之滨。
于以采藻？于彼行潦。

于以盛之？维筐及筥。
于以湘之？维锜及釜。

于以奠之？宗室牖下。
谁其尸之？有齐季女。

——《诗经·召南·采蘋》

1

从一枚树叶的纹理可以窥见一片地域的风向与光照，而从最琐细的生活之中可以窥见世界庞大而严肃的秩序，以及混乱的无秩序。

比如，当我们穿越到公元前5世纪或更早一些时候的王道乐土，尾随一个劳作中的少女，我们会逐渐接近她所在的那个时代严正而周密的生活秩序。就像采蘋就到南山的水溪边，采藻就到道路近旁的浅流间，盛集蘋藻就用方筐圆筥，烹饪就用三足的锜和无足的釜，祭祀就在宗庙内西南深隐之地，主持就由美丽而虔敬的处女来执行那样，一切都正按照确定无疑的秩序在斩钉截铁地运行。在这里，每一事物，皆有出处，每一事物，也皆有去处。在这里，一切好像都十分圆满，周到，充满了本该如此的目的性。所有人似乎都自信找得到自己在世界之中的位置，也自信自己的心胸容得下整个世界。

这并非强迫，而是遵照内心力量的随心所为，一切皆有依凭，一切皆欢欣喜乐。

我们甚至从此看到自由与秩序之间的矛盾与统一。很多我们当代的年轻人可能认为自由必定以牺牲秩序为代价，或者说自由就是无秩序。但这显然是一种极其浅薄之见。因为真正的自由，恰恰有赖于一种确定而和谐的秩序。就像鸟的飞翔，首先依赖于空气以及空气的流动，空气流得到的地方，鸟才飞得到。而“千山鸟飞绝，万径人踪灭”的大死寂，很可能是因为秩序的荒芜与凋败。

对青春而言，一个有良好秩序的世界并不是一个围满金属条的鸟笼，而恰恰是一个鸟语花香的桃花源。这里面没有犹疑，没有困惑，没有反叛，当然也没有训诫与惩罚，一切都在自然而然、心有灵犀中意会般地走向完成。

就像这个在诗行中一句一句完成她生活日常的少女，也即将在淡淡的欣喜之中完成她确定而幸福的人生。

2

但我们又忍不住很想问一问，这位召南之地的少女忙忙碌碌地在溪涧之滨采集蘋藻并细心地烹饪祭祀，她究竟是要干什么？

我们似乎只能看到这是一组六句问答，问得好奇，答得肯定，就像一个妈妈在给小女儿指点针线活儿那样日常和亲切，但其中又有不容置疑的权威性，就像一个博导在指教他毛手毛脚的研究生做论文。

中国古人说事，甚至说一件很大很重要的事，也并不像西方贵族或者市民代表及僧侣那样摆开圆桌开大会。他们会很日常地采取最轻松简易但却十分有效的形式，让一个很重要的问题在轻描淡写的几缕茶烟之中就获得解决并迅速执行。就像这首诗里，我们能很强烈地感觉到，这位少女是要做一件十分郑重的事，但她偏偏要带着些幼稚与调皮的口吻反复问来问去，但也绝不令人生厌，反使那回答者觉得温顺与亲近，所以她才能一次一次地获得指点。而就在这穿针引线的一问一答之间，一些端倪像海上幽蓝的冰山那样显露出来。

这组问答，就像一只画沙画的妙手，先后呈现了作为祭品的蘋藻、作为盛放祭品工具的筐筥、作为祭器的锜釜，以及作为具体祭祀地点的宗庙牖下和作为具体主祭人的那位少女。很明显，这是一桩古老的祭祀行为，而祭地既然在宗庙里，那祭告的对象，便显然是祖宗先人。但作为主祭人的少女，要告诉她的祖宗们什么呢？或者说，要向她神圣的先人们寻求什么呢？

这就让我们不得不回到周王朝举世奉行的“礼”之中，寻一寻答案。在那部奠定了王朝秩序的《礼・婚仪》之中，有这样的规定，说女子在出嫁之前的三个月里，必须要到宗庙里完成一套“大礼”，这中间的必要性，可能就像我们当今的青春女子在结婚数月前，必要到影楼拍摄一套精美而隆重的婚纱照那样。但周王朝召南之地的少女们去宗庙里行大礼，却并非像我们当今的女子是为了留下自己娇媚的容颜与身姿，好给日后以安慰。她的目的更为内在，也更为隆重，她是为了去接受来自长辈的教化。那她要从这套礼仪中学些什么呢？学的是“妇德、妇颜、妇容、妇功”，也就是说，出嫁是人生的分水岭，一旦出嫁，青春女子的生命就进入了一个与闺阁少女完全不同的时空境界。在生命的另一个陌生阶段，女子的内在德行、喜怒哀乐表情、起坐行止以及生活行为的意义都要重新修炼与塑造，进入另一种确定性的秩序之中。只有这种确定性的完成，才可以保证生活的幸福与安乐。而为了完成这一次盛大的礼仪教育，就要给先祖以祭祀。这位少女要到河里找到一条鲜活的鱼来作为祭牲，并给祖先们搭配一些鲜嫩的蘋藻作为辅助的菜肴，只有这样，才能顺利地给她下一轮的生命以保障。

这样看来，这是一位即将出嫁的少女，要在宗庙里祭告她的宗族先人，并接受女性长辈们对她未来婚姻生活的教育。那母亲们又告诉了她些什么呢？我们从诗里似乎看不到明显的关于女子婚姻生活的教育。就像我们看不到冰山在水面之下更为庞大的部分。但我们分明又能感觉到这位少女在这次祭祀中接受了十分确定的教育，并因这种教育获得了对未来生活的知识、信心与勇气。让我们获得这种印象的唯一依据，还是来自那组简单而繁复的问答。

如果细看深察，我们就会发现问答中涉及的所有“名物”都是富有象征与启示意义的。你看，大叶蘋来自南山的深河，而茎如竹筷、叶如鸡苏般的藻来自大道近旁的浅溪。这可能意味着生活因深浅不一而有着完全不同的轻重意义，并因此要有完全不同且各个清楚的应对之道。而虽然同为盛放蘋藻的竹器，筐是四方的，筥却是浑圆的，这可能象征了人世不一样的规矩。因为人，既是一个容器，也是一个摆放在宇宙容器之中的精致物品。懂得了什么东西摆放在什么容器之中，或者什么样的容器能收容什么样的物品，就懂得了生活的至理。同样，作为烹饪的祭器，有足的是锜，无足的是釜，作为锅脚的“足”也并不是可有可无的。它可能与烹饪时的火候有关，也与所烹饪的鱼肉菜蔬的品性质地有关，更与摆放这些烹饪好的食物的场合有关。这正如婚姻后的人世，一切皆不可乱，一切皆有正确的处理之道。人生无非是一次复杂的烹饪，所以俗话才说，“厨房里来得通达的女人在人世也来得通达”，这绝非女人的小聪明，而是人世的大智慧。

更重要的婚前教育内容是作为“宗室牖下”的祭地。为什么要把这么重大的祭祀安放在宗庙的“牖下”？这与中国古代建筑严密而科学的伦理秩序有关。中国古人之室，户牖并列，而“牖下”所在的西南角是最为深隐的，家族的尊长常常在此起居。对应在宗庙之中，对列祖列宗的祭祀，也就必须安置在“牖下”。正像古代中国最重要的政府部门是主持祭祀天地的太常那样，在古代家族之中，对一个将嫁女子的婚前教育，祭祀的礼节以及与祭祀相对应的日常侍奉，是最为重要且必要的内容。知道了什么是“牖下”，就知道了什么是厅堂，什么是房室，就通晓了什么是敬奉翁姑与和睦妯娌。而这，将使她在未来安稳地立足，并获得夫族的承认与尊重。

一切都是日常，一切又都隐含着大道。一切充满了非如此不可的确定性，一切又是这样周正而富有文化亲和力——不是神像，而是礼，才是中国古人安放在心里并终身侍奉的神灵。

正如胡兰成在《今生今世》中所言，礼，才是我们中国人心里的宗教。人们在日常奉行的礼之中寻到至高至正之物，并在尊奉中求得踏实与安慰，以及巨大的欣喜。

3

透过《采蘋》的诗行，我们仿佛可以听见吟唱者内心从里到外洋溢着的欣喜。这是来自于秩序井然的世界里的欣喜之歌，它浮现在每一张正富有确定性地生活着的脸庞上。这种在劳作与祭祀神灵的行为中油然而生的欣喜，便是“诗经时代”里的人生态度——自信生命的容器足够阔大，也自信生活的丰富性能够予以满足，一切皆有保障，一切无需怀疑。而因了这一切，人对自己存身的世界，对一切事物之上存在的神灵、祖先都充满了深重而持久的敬意——一切值得敬重。而这敬重，又成为世界秩序和生命欣喜的来源与起因。

而伴随敬重感的消失，在一阵方向不明的风里，我们的生活突然丧失了它本应如此的确定性。你看，那些不知敬畏为何物的人突然就不再知道该怎样活着——究竟该怎样香甜地吃饭，怎样酣甜地睡觉，怎样周正地说话，怎样去平视一个陌生人，尤其是该怎样去爱，这于他们都已成为抓心挠肺的问题。而与紊乱的生相比，他们甚至已不知道该怎样一了百了地去死。因为有很多了不得、不得了的事情在折磨着他们自以为了不起的灵魂。他们每个人都希望自己是了不起的盖茨比，但每一个都忘记了真正了不起的，其实是这个充满了秩序的世界，以及世界之上的微笑不语的神灵。

生活在这个消费主义文化横扫一切的小时代，我每天清晨都会通过网络关注一下我周边青年们的日常心理。在那些社交软件的留言板上，我看到的是秩序被摧毁之后的凌乱与狼藉，以及因之而生的六神无主、痛苦以及不知道该如何结束痛苦。那些让灵魂烂醉如泥的青春小鲜肉们，似乎从来不知道，给自己的生活一个安稳的秩序，把生命的火车摆放进一个通向远方的确定的轨道，然后才能重获自由。

而那些富有人生经验的长辈们也在秩序出走之后的慌乱中放弃了教育的义务，或者干脆用庸俗的说教将子女引向歧途。这让我想起了姜文电影《一步之遥》里俗不可耐又自诩睿智无比的督军夫人，那个偷看女儿日记并敦促女儿嫁给一个有钱有势男人的妇人最终被女儿所反叛，以致母女必须在出走与追讨之中以机关枪突突对射。

但子弹追不回女儿的幸福，只有正确的人生秩序给她以欣喜。

这便是我们每天正面对的世界以及这个世界里魂不守舍的人类。从他们因确定性的出走而充满了惶惑不安的脸上，我们看不到持久的真正发自内心的欣喜——就像那些采集芣苢和蘋藻的人那样的欣喜。而这一切，也正是我们反复阅读《诗经》的理由。

《诗经》里，住着一个采蘋少女，她可以随时校正我们失准的钟表样的内心。

何处才是你灵魂的家

蜉蝣之羽，衣裳楚楚。
心之忧矣，於我归处？

蜉蝣之翼，采采衣服。
心之忧矣，於我归息？

蜉蝣掘阅，麻衣如雪。
心之忧矣，於我归说？

——《诗经·曹风·蜉蝣》

1

“如果一生只活一天，你会改变自己的生活方式吗？”

当你每次这么问我的时候，我总是拒绝回答你，并表现出某种被侵犯后的愠怒。因为我十分不愿意用这种强行剥夺的方式将生命删成一个切片，然后再去为我的人生编程。

我不愿如此设想，实在是因为我从来不敢去面对如果生命仅剩一天这种可怕的事实。一天啊，从早晨到黄昏，呼吸就停止了，你还来得及干些什么吗？你甚至连可以去干些什么这个问题还没想清楚，生命就如一缕轻烟消散在暮霭中。

只能活一天。这真是个残酷得过分的预设。和大多数人一样，我心里也藏着一只敏感而脆弱的风铃，风一吹就叮叮当当，响得心慌。我最怕清晰地看到时间的流逝，也怕那些暗示时间正在流逝的事物，如在一只钟表盘上看着秒针空转，如面对一条渐渐流干的河。

在时间面前，我宁可掩耳盗铃，宁可活在一张可以无限预支生命的信用卡里，即使它并不存在。

但如果，我不是你面前的这个我，而天生是一只蜉蝣，那我就能轻松地回答你：既然是造化赐予的命运，那该干什么就干什么吧。

或者说，如果我是一只朝生暮死、一生仅有一天可活的蜉蝣，我就随性而为，做些让自己快活的事。

“那么，蜉蝣在干些什么呢？”

2

蜉蝣在干些什么呢？它们在飞。飞行是它们唯一习惯的姿态。

“那蜉蝣究竟是什么呢？它们为什么只是飞？它们是鸟吗？它们在哪里飞？它们怎么飞？”

这个，就稍微有点复杂了。但也可以慢慢和你说清楚。

在神话像青草一样疯长着的古希腊，两千三百多年前，一位令人尊敬的老师在旅行的途中看到一种飞行在水面上的昆虫。飞行，说明它们有翅膀，在水边上飞，又说明它们和水有着非常亲密的关系。这位老师于是以极大的兴趣观察这种飞虫，他发现这些长着淡蓝色膜翅的飞虫真是漂亮极了。它们是从水中生出来的，所以似乎一尘不染，从一出水面开始，它们就像有洁癖的年轻人那样不停地拂拭着自己的翅膀，然后突然又蜕下一层壳，换了一身更为鲜嫩亮丽的新衣。然后它们成群结队地在水上飞了起来，飞过溪水，飞过阳光，飞到鲜花烂漫的原野上，挤在一起欢歌，跳舞，然后再次飞回溪水上空。

溪水像一间巨大的产房，十分宁静。它们中间的一些落向水面，用尾腹上的两根长须在水中一点一点，点出一圈一圈荡漾的涟漪。这时，它们产下的幼卵就像一些彩色的粉末落入水底，并紧紧依附在石头和水草之间。后来，这位老师才明白，这些卵要经过三年的蛰伏与四十次的蜕变，才可以升华为像它父母那样的成虫。

而让这位观察水虫产卵的古希腊老师感到惊愕的是，在产完卵的一刹那，那只美丽而脆弱的昆虫就像用尽了全部的精力。它猛地朝上一跃，好像要再次飞起来，但却一仰头跌倒在水面上，像一片香消玉殒的落花那样顺水流逝了。而它更多的同类也以同样的姿态纷纷投水，并决绝地顺水而去。那一天，溪水像盖了一条蓝色和褐色交织的花被。无数美丽的飞虫覆盖在水面上，随水而逝。

教师抬起头，开始严肃地思考这些飞虫的生命，它们似乎早上才出生，却在黄昏时分就死去了。这是多么短暂而仓促的生命啊。于是他翻开随身携带的羊皮本，在上面写下了“ephemeron”（短促）。

后来，这种美丽的水上飞虫的学名就叫“ephemeron”，而那个为“ephemeron”命名的古希腊教师名叫Aristotle。

他写过一本叫《形而上学》的哲学著作，我们中国人把他叫作亚里士多德。而亚里士多德发现的这种“短促”，就是我们今天说的“蜉蝣”。

“那么，亚里士多德是最早发现和观察蜉蝣的人吗？”

不，当然不是，一定有比亚里士多德早很多年就观察过蜉蝣的人。因为蜉蝣这种昆虫实在是太古老了，它甚至从石炭纪就几乎和今天一模一样了。石炭纪，那可是两亿八千六百万年至三亿六千万年前啊。

并且我还知道，在亚里士多德之前二三百年，有一个曹国的年轻人，很清晰地观察过蜉蝣。而我可以用想象带着你去看看那青年人视野中的蜉蝣花雨。

3

请你闭上眼睛。

一只飞出《诗经》的蜉蝣，像一只从两千六百多年前的曹国溪水中开出来的小花。此刻它扇动着轻薄的羽翼要迁徙到别处去。顺着透明而欢快的溪水看过去，它身如绿翡翠，翼如蓝宝石，像你常常在能见度极好的蓝天上看到的小飞机，但要比它们更为生动，充满鲜丽可爱的细节。

啊，并不是一只，而是一群，成千上万的一大群蜉蝣，从溪水里，从溪水旁的湿地中跃起，铺天盖地，飞啊飞，飞过山野沟壑，飞过无边麦浪，飞过金黄的油菜花田，然后飞进一个曹国青年仰望的视野中。

这是夏初五月，古老的曹国大地绿得深邃无边。青年一身白衣，像绿色山野中洁白的一点。午后刚刚下过大雷雨，此刻雨后的天边现出了一道完美而神奇的彩虹，就像我们后来在惠特曼散文中所读到的彩虹那样，它“完完整整，非常生动，两端落在大地之上，展开明亮而广阔的薄雾，紫罗兰色、黄色、枯绿色，在头上的各个方向，阳光从中穿过”，而大群大群的蜉蝣在彩虹的拱顶上飞舞，像彩色圆拱上随风摇曳的花园。

你想象不出几万只，或者几十万只蜉蝣在彩虹照耀的天空中飞行是怎样一种壮阔，怎样一种震撼。它们密密集集地歌唱，舞蹈，呼唤，就像你把夜晚的明星演唱会现场或者迪吧里拥挤狂欢的五色人群统统搬到了空中。你可以顺着此刻温柔斜照的阳光，仔细看离你最近的那一只。她狭长的小脑袋，她漆黑的大眼睛，她轻颤在雨后清润空气中的翅膀，她碧绿而优雅的长尾巴，是多么美。这显然是一只褐色的雌性蜉蝣，她飞着飞着就独自飞进了蓝色的雄性蜉蝣群中。

就这样，这只雌蜉蝣开始了她自己的艳遇。而那些成群结队的雄性蜉蝣就像黄昏时分结伴而行的嘻哈少年那样，很快接纳了这只独自闯入的雌性蜉蝣。它们迅速地在飞行中开始寻欢作乐。而与此类似的艳遇与寻欢在天空中到处发生着。

即使在交欢作乐的时候，蜉蝣们也不忘修理它们的羽翅。就像一个过分洁癖的青年，总是时时刻刻拂拭整理自己的衣裳。

它们就那样热烈地交缠，热烈地飞向山顶，飞向彩虹，飞向最高处的太阳，然后才从太阳边上一转弯，拐向它们的出生地，溪水边。

它们迅速地投入了水中。在投水前的一刹那，它们还不忘在阳光下亮闪闪地展开自己雪白的衣裳，像一块明丽的银子，一晃就消失在水下。

看着这一切的曹国青年，不禁在水边低下头来，对着自己俊美的影子长长地哀叹了一声。他突然很不快乐，忧虑的愁云迅速堆积在他年轻的脸上，使他在水中的倒影显得更黑更浓。

4

请睁开眼吧。

你来猜一猜，这个年轻人面对寻欢作乐的蜉蝣，为什么要哀叹，为什么要心生忧虑呢?

“他很可能是触景伤情，比如想到了自己青春里的忧伤什么的。”

是啊，蜉蝣朝生暮死的生命是多么短促，又是多么热烈而美丽。这不正像你和你的朋友们都正经历的青春么？而那个曹国青年的忧伤，很可能是他从蜉蝣身上看到了自己青春的倒影。

你知道吗？在我看来，蜉蝣就是一种在青春期耗尽全部生命的昆虫。它的一生似乎就是在为朝生暮死的青春一日做准备。为了这次闪亮而欢乐的朝生暮死，它宁肯押上一生时间。为了这短促而华丽的一天，它们竟然要在水底的黑暗与清冷中潜伏三年甚至更久，好让生命慢慢成形。它从小就对自己的容颜和身材很不满意，它才是真正的“外貌协会”大咖，它始终在不厌其烦地蜕变、蜕变，整容、整容，它非要变出最好看的样子不可，好像若不如此就对不起一生一次的青春。

或者说，潜伏和蜕变是蜉蝣的前生，而从水中一跃飞起才是它真正的今生今世。而一出生它就进入了电光火石的青春高潮，毫不犹豫地把这一天当作全部的生命目的来燃烧。

你知道吗？蜉蝣又被人叫作“一夜老”。也就是说，仅仅一夜之间，它们的青春就耗尽了，就像一支熄灭在清晨的蜡烛，就像一个死在青春期末尾的女子。但它们似乎一点都不后悔，也不匆忙，它们连寻欢的时候也不忘修整自己的羽翼，让它更干净，更明亮，更讲究，更有尊严。

但蜉蝣有蜉蝣顺水而去的归宿，有他们朝生暮死但似乎绝不遗憾的生命，它们产卵在水中，它们完成了自己生命的延续。而青春期里寻欢作乐的少年，在华美艳丽的皮相之下，在夜夜笙歌、醉生梦死之中，有自己闪亮的灵魂么？有自己确定的精神归宿么？

那个曹国青年的忧伤与感叹，很像如今社交软件上一些刚刚从夜店回来的青年在凌晨时的哀怜与自伤。可能就是因为，他看到了自己像蜉蝣那样短促的青春，却找不到自己青春皮相下的灵魂归宿。冠带楚楚，一身名牌，但敌不住生命的局促与凌乱；油头粉面，白衣胜雪，但灵魂的太阳一照就化成脏水一摊。

一夜欢乐、夜夜欢乐之后，他最终的精神家园在哪儿？他魂灵的栖息地在哪儿？而一具没有目的地的青春走肉，怎么可能快乐，怎么可能不悲伤逆流成河？

5

其实你不知道，还有人说蜉蝣并不是出生在水中，而是生于粪土。其实阴冷的水底和污浊的粪土都一样，都是不好的生存环境。从这样的环境中能长出华美而靓丽的青春，真是生命的奇迹。但出身底层的青年，不能折断脊梁、扭曲灵魂去做爬行动物，不能用自己鲜嫩靓丽的青春肉体去为未来铺路，绝不能像电影《一夜惊喜》里寻求一夜刺激的女孩那样玩火自焚，更不能像《我想和你好好的》里那些寻求包养、醉生梦死的女孩那样，任青春飘散成一地鸡毛。

但就像你在你的青春中已经看到的，听到的，你的很多朋友都正衣冠楚楚地跌倒在青春的旅途上。他们丢掉了自己的灯盏，迷惘在青春期消费主义的黑暗里，他们鲜衣怒马一路欢歌着失足掉下了悬崖。他们中纸醉金迷的大多数，还正在炫耀华丽的身体、张扬艳丽的皮相中任灵魂越来越黑。

“其实，我真正想问的是，你这么美好的青春究竟要去哪里？哪里才是你灵魂的家？”

作为出身于社会底层的青年，我们多像蛰伏在水底的蜉蝣啊。我们这么长久地忍耐孤独与清苦，这么多遍地忍痛蜕变，不就想实现一个完美的未来么？而在走向目的地之前，谁为我们的精神之旅点灯？谁为我们照亮灵魂的黑暗？

在我们这个时代，先知已经隐退，曾经的点灯人也已老迈，或者异变为精致的利己主义者。能够持灯为青春照亮前途的，只有我们青年人自己。我们必须用双脚走路，两手举灯，导引自身走向青春的花园。

青春点灯的地方，有座精神明净的小木屋，那就是你灵魂的家。

而蜉蝣，你偶然发现的青春同路人，正用幽蓝的翅膀给出明亮的启示：即使青春只剩一天，也要整理好羽翼，弄干净灵魂。不要管未来有多远，甚至也不管明天的太阳是否照常升起，我只把今天当作唯一的一天，一跃而起在空中，用飞行画好一个圆。

6

青春如蜉蝣，采采修羽翼。朝闻道，夕死可也！

“取足一日，尚又何求”？

柔桑唤你从远方归去

十亩之间兮，桑者闲闲兮。
行，与子还兮！

十亩之外兮，桑者泄泄(yì)兮。
行，与子逝兮！

——《诗经·魏风·十亩之间》

1

在城市里，已经很少有年轻的男子能轻易地辨认出一棵桑树了。更不用说，因一树柔桑引发出对爱情和生活恬淡而浪漫的想象了。

其实也无需辨认，因为我们眼下满满当当的城市，也并没有一棵娴雅的桑树可供人类去辨认它的身份。那种生着绿色掌形锯齿叶片，到春末夏初就结出紫色果穗的桑，已经消失在城市街巷很多年了。甚至在乡村，这种伴随中国数千年光阴的树木也已并不多见。

只有在那些人迹罕至的小村落的庭院中，或者墙根下，才会一闪绿出一树桑叶，提醒你这里曾是盛产过亿万匹丝绸锦缎的东方古国。

如今说起桑榆，说起棉麻，我们只是在用吃肯德基和巧克力的甜美唇舌轻轻吐出一个单薄苍白的词，而难以对应产生那种贴身的、丰富的、充满色彩与气味的具象，更没有因之而生的情感在血液之中涌动。

但若在遥远的古代中国，当一个年轻俊美的男子对一个女子悄悄说出“桑中”，就会有两朵红云一霎时飞上女子白皙柔嫩的脸颊。

一个词，能抵一千种爱情密码的时代已经一去不返了。行走在时间中的人已经越来越习惯于放弃优雅、细腻与柔软，而披上一身粗豪鄙陋的时装。

这让我们在面对一个男子呼唤他桑林中的爱人时显得万分茫然，他那种摇曳、荡漾着的巨大幸福感究竟是从哪里来的？他那种悠闲得没有边际的满足感又是哪里来的？我们很难理解，他在桑林之外喊一声他的爱人，和我们用手机给女友打一个催她赶紧从购物广场里出来的电话有什么区别？这难道也值得美滋滋地反复咏叹？

在我们干瘪的想象力与古人丰润甜美的生活情趣之间，已经隔着一个东非大峡谷那么深黑的裂隙。

在奔跑的时间里，我们已经失去了感知幸福的味觉。我们的情感味蕾已经迷失在种种色素与添加剂中。

木心说，爱情，是一种失传的手艺。

就像桑，是一种失踪的树。

2

一棵树，如果树冠像是女子交叠采撷的纤纤玉手，它该有多美。而这种树，就叫“桑”。它天生就和女子气脉相通，就像是从女子掌纹深处长起来的一抹柔绿。

桑，是一种过分美好的中国树，美好到就像古典话本插页里的小女子，优雅，柔美，贤淑，一笑一颦、一裙一带都恰到好处。

桑，是古典中国的女子之树。从它之上，长出万卷丝绸，长出丝绸之路，长出泱泱中华的不朽盛名。而这棵树的近旁，是一个小女子在春天里向着她的爱人展露的芳心。

纤纤玉手，施于佳木。采桑，是中国女子特有的劳作姿态，而桑者，是自然给予中国女子的另一个美丽称谓。

男务农，女事桑，农桑里就有和和美美的田园。一个女子在农耕时代的爱情，一定是发生在桑林之间的，带有桑葚的甘甜和桑叶柔滑如丝的质感。而一个男子，即使再微贱，再贫困，也还有一片桑林婆娑招展，可供他赋予一个女子十亩深情。

就像这首诗里的男子，他从外面急匆匆地回来了。外面，红尘扰攘，空阔无边。从这样的外面回来，他可能是满载而归，兴高采烈的，也可能是春风如愿，志得意满的，但更可能是怀才不遇，空手而归，除了两只袖里鼓荡的春风，他没有带回任何值得欣喜的事物。但这也无妨，因为还有五亩之宅的家园，还有作为家园最柔软一部分的桑林，以及那个桑林中美丽的少女。

五亩之宅，树之以桑，五十之人可以衣帛，桑树之下饲养鸡豚狗彘，七十之人就可以食肉，而年轻的男女，背靠桑林，可以有爱情。

自家五亩，邻家五亩，十亩之间是桑园，是通向爱情的阡陌。一踏上这春花茂草披展纷拂的小径，他就柔软起来，他本来匆匆的步履就放慢了，放轻了。家园啊，爱人啊，我回来了。

春日正浓，油绿的桑叶更显丰厚，女子的脸隐现在桑叶之间与阳光一起明艳艳地闪烁。她和女伴们采啊采，采得桑叶沙沙响，采得年轻的喉咙里不由唱出轻快的采桑歌。

循着这歌声，透过桑叶的间隙，他看见了自己爱人姣好的面庞与柔曼的身姿，这一身落拓的男子心里怎能不荡漾出满满的安慰？正在桑林里欢快地劳作着的她，就像这田园一样，让人心里踏实，让人看到生活的未来，怎能不满足，怎能不幸福？

于是，他轻轻叫了一声她甜糯的小名。于是，他又迅速生出了一个决心。

不如归去吧，不如彻底从外面空洞的世界抽身回来，就在这里，守着桑井田园，和我的这个她，共建未来隐秘的生活吧。

夕阳之下的桑园是那么美，它好像富有无限的深度，可供阳光穿越，可供我们慢慢走完一生的时间。就让我和你携手到那深处去吧，让我们慢慢走进一棵桑树的树心，走进一片桑叶的脉络里；就让我们在那里面永远地生活下去吧，闲适，亲昵，柔和，不管人世扰攘，不论贫富贵贱，就这般厮守，男耕女织，生儿育女吧。

“行与子逝兮”，这是一个有勇气的生活召唤，也是一种坚定而找准了方向感的承诺，更是一种因爱情的熏陶而拖长了腔调的柔美抒情。读这个句子，得想象桑树，想象桑林中的少女，想象你侬我侬，耳鬓厮磨。

但这样的抒情，又因不涉具体而干净，纯美。就像云朵的歌唱。

3

真羡慕中国古人对家园的设计与营造。五亩之宅，环以桑梓，连缀桃李，遍种棉麻。圃中点瓜菜，圈里生牛羊。鸡鸣阵阵，豚犬声声，百尺天地，浑然天籁。有人情味，有仪式感，生活的大幕就这样隆重地拉开，情感的人生就这样庄重而诚实地从头至尾。

这是用双手在大地上绣花，这是用心在小家园里做大文章。这是让人心底柔软，值得涌起无边乡愁的古典生活，是有情怀、有温度、有诗意的梦幻乡居。从这样的家园中走出来的人，无论走到哪里，心中都有一份沉甸甸的情感牵系，都有一种萦绕不去的对生活的庄重与敬畏。

而一旦说起家乡，乡愁里就有一棵具体的桑树，就有一个桑树旁的纯情女子供他怀恋。这样的生命即使误入歧途，也不会迷失太远，尚有足够的引力可供他悬崖勒马，及时回来，回到十亩之间，看桑者闲闲。

古人所谓浪子回头，怕多半是因为一棵桑树，那棵种植在家园记忆里由亲情灌养成荫的桑树。

而在一个转型社会中，古典的家园消失了，人们拥有的仅仅是改造过的“生活场所”，一个用砖瓦木石或者干脆由水泥与化学品组建的躯壳，一个空的“空间”。桑树在城市里消失了，在乡村里也即将消失，而伴随桑树的失踪，乡愁已不再具体，亲情已严重脱水。出走的人将成为没有家园记忆的动物，干瘪，冷漠，失血，一如行走的钢筋水泥。

但大多数出生在城市或者从乡村涌入城市的青年可能并不这样认为，他们仍然活在后现代的“家园想象”中。而城市也正虚张声势地用地产广告牌为他们营造着“家园”幻象，并暗暗绑架着他们的人生。

日子多么舒畅，晨雾早早消散
在星河湾漫步，鸟群从树林中涌向天空
云朵也穿起风的鞋子，开始快乐的飘浮

我由衷地承认，这是一片被上天眷顾的家园
我承认
我爱上人间焰火和高山流水同在的生活

在星河湾
连一块砖头都想活出一种气质

星河湾让我绽放的不仅仅是心情
它是另一个地方

是一个风骑着白马掠过的地方
在星河湾生活，处世
我懂得了舍得、用心和创新
它是目击道存
是人对大自然的倾听和瞩目

在天长、地久、富足、人美的地方
有一种生活叫星河湾

文字很美，房子也很贵，但我只能说，我从这个地产文案里读到的只有疲倦和厌烦，而从那些价值千万的房子里，我找不到家园的味道。那种用财富和权势，在城市最好的地段堆积起来的所谓“有气质的”伪自然村居，只令人闻到它隐隐然的虚浮与铜臭般的沾沾自喜。它仍然是雕梁画栋的水泥，而不是桑梓环绕的家园。就像那些夜店里香艳无比的放浪形骸，只是热腾腾的肉欲，而不是青春激情本身。

它或许什么都有，但唯一稀缺的是人情味，十亩之间桑者闲闲的家园里满漾的人情味。

4

忍不住，我就又想说起青春，桑树也是一棵青春树啊。桑林里，有青春激情四射的劳动，也有青春留给自己浪漫而热烈的温床。总有一个爱人藏在桑林之内等你如期约会，总有一个家园在桑林之外唤你从远方归来。

桑树，使古典的青春在场，或者曾经在场。它给了古典男子一个爱的释放点，一个心的念想器。当你在外面的世界找不到自己的时候，可以钻进一棵想象的桑树，那里有你曾经的家。

我们这个时代，“压力山大”的房子用广告牌绑架着我们，马云们的成功用阿里巴巴式心灵鸡汤绑架着我们，而我们作为“云合体”已经没有一棵家园里的桑树可以退回去。青春太累了，累得找不到一个唯独属于自己的空间，可供自己回来，满血复活。

我只能说，让我们怀着一棵古典的桑树给青春寻一个空间，寻一个可以一同归去的人吧。让我们给青春的灵魂里，种上一片桑林，再养上几扁春蚕，让吐丝，让结茧，让万里云锦成为一种青春生活的华丽念想。

海德格尔说：“都市社会面临着堕入一种毁灭性错误的危险。”因此，他宁肯生活在黑森林环绕的乡下，那里有他的“十亩之间，桑者闲闲”。而当代的日本青年说：“重要的不是在哪里生活，而是想要在哪里生活，我想在农村生活。”于是，那个后来成为著名编剧的仓木聪从东京回到北海道富良野乡下，在夏日晴空的北海道的紫色薰衣草花丛中，先后写出了《来自北国》《温柔时刻》《风之花园》等一系列反映回归乡村的电视作品。其中的一部《来自北国》便让人惊叹地一连播了21年。大量看着他作品成长的青年，从城市回到乡村，建设他们“十亩之间，桑者闲闲”的人世岁月。

而当代著名艺术家叶永青在一场大病之后从伦敦回到了大理。他每年有四个月待在这里，给青年学生们开了一门课叫“乡村田野调查”。而这门课，就是带领学生一起“看乡村的消失，就像临终关怀一样”。叶永青对青年们说：“在一小地方做个寡民，人生中的一些常识又重新寻得，生命自身的能力也开始恢复。原来，日子可以过得这般闲适、亲昵、柔和！可以有乐天知足的气氛，贫于财货而富于情感，却也与世无争、知足无为而具有一双凌厉的冷眼，爱好朴素而纯洁的生活。”

这是多么好！多么值得赞叹！但究竟有没有种桑树的人也能开一门课——将青春视作一片田野，然后带领青年们，观照原生态的青春究竟是怎样风化、荒芜并最终消失的。

在水边画一幅兰芍之恋

溱(zhēn)与洧(wěi)，方涣涣兮。
士与女，方秉蕑(jiān)兮。
女曰："观乎？"
士曰："既且，且往观乎！"
洧之外，洵訏(xū)且乐。
维士与女，伊其相谑，
赠之以勺药。

——《诗经·郑风·溱洧》(首章)

1

请拖长腔调，慢语轻声，随我朗诵：

“三月初三/他们在街上相遇/她说，你去过河边吗/去过了，他说/那我们再去一次吧”

在这首《你去过河边吗》的“废话体”诗歌里，一个叫乌青的当代文艺青年和古老的《诗经》开了一个玩笑。在他看来，《诗经》里多是这种青春小男女的日常闲话。而正是这些白开水式的闲话，孕育了我们常说的“诗意”。

这是一次青春对古典的成功解构，也是一次很有意思的后现代文化戏仿，三笔两画，就拨开了时光繁密的丛林，让我们看到了远古时代一个小女子约自己的男友去河边游春的情景。

但这还不够，还太过草率，还没有能呈现青春的迷人细节。如果说，这像一幅略带戏谑意味的二次元单色漫画，那么我们不妨再为它涂涂色，增增维，让它渐渐逼真，站起来成为一幅“诗经时代”的立体三维画。

请随我来，以心为笔，以梦为纸，画一幅“诗经时代”的春游图。

2

溱是一条河。洧，是另一条河。先把它们画下来。

溱洧蜿蜒流过的土地，是郑国。它像一个高高树杈上的鸟巢，把它也画下来。

“诗经时代”的郑国是一个幸福指数很高的国家，日夜不息的河流带来了两岸的富足和人民的欢乐。连这里的风都是温暖潮润的，它吹拂两岸的青年男女，使他们早熟，敏感，热烈而多情。他们中的大多数人，都喜欢鲜衣美食，都性好游冶玩耍，都向往美好而出格的爱情。

溱水由北而来，向南汇入洧水，然后继续向着遥远的南方奔流，而溱水与洧水花繁草密的岸边，则是少男少女恣意挥洒青春的地方。生活在一片河水穿越的土地上是天赐的幸福啊。河水，不但滋润着此岸的生活，也给了青春一个可以眺望的彼岸。喧哗不止的河流见证一代代青春男女长久的甜蜜与短暂的忧伤，它们甚至渐渐成为女子验证男子爱情是否忠贞的“试管”。

就像我们这个时代的恋爱桥段一样，一个恋爱中的少女如果生气了，就会指着河流赌气说：“你若爱我，就从这里跳下去！”而“诗经时代”的郑国少女常常对河岸那一面的爱侣发出的是：坏小子，要是真想我，你就赶紧提起衣裳渡过溱洧来找我。你要是不敢下水，就说

明你不爱我。你不爱我，难道不怕别人爱上我么?(《褰裳》)

这也不过是水边的戏谑之言。河流成为他们调情的理由，也成全他们爱情的忠贞。一代一代，就都这么过来了。而有更年轻的男女，守护在河边上，等着迎接他们生命里的春天。

三月三，春渐渐深了。桃花汛期一到，溱与洧便浩浩汤汤，满河满川都是清澈明净的春水。河岸上的香花茂草也像被阵阵春雷催发着一样，一朵一朵绽放，一丛一丛疯长。别忘了，把它们也画下来。尽可能画出春水满满的荡漾和清澈水底掉落下来的阳光。

青春的血便也热了。少男少女的血管里涌动起无限的春意，俊美的脸颊上常常无端地发烫，每一只毛孔里都微微发痒。三月三这一天，他们不约而同地就要跑出东门去，加入迎接水神的盛大队伍里。每一条河流都有水中的女神，她掌握着河水的流向，也掌管着两岸的祸福。她时而浮行在水上，时而隐现在岸边，一株柳的嫩芽里，一朵花的蕊心深处，一丛草叶的露水上，都可能藏着她的化身。如果可能，把这千变万化的女神也画下来。

三月三，人们都不约而同地来到河边上，汲水洗浴，让顺水而下的女神替自己祓除不祥，并赐予自己一年的幸福安康。为此，人们带来了丰盛的牺牲祭物，在河边筑起了祭坛。人们还以取悦神灵的名义，一起载歌载舞，极尽欢乐。把这作为彩色的背景，统统画下来，画出热烈的欢乐。

但这一切，在青春小男女看来，都是为自己的爱情添加了排场。千种繁华，万般热闹，只是为了点缀你对我说你爱我。

河水女神或许是虚幻的，但河流边的爱情却是真实的。所以，在迎接女神的河流两岸，茂密地发生着花朵般的爱情。

三月三，这是郑国的情人节啊。少男少女们歌唱着在溱洧水边嬉戏。这时候，一个姑娘走进了我们的画面，她刚刚从东门出来，她有着“诗经时代”郑国少女特有的大胆、热辣与妩媚多情。

她的胸前佩戴着一束辟邪的水泽之兰。那葳蕤的兰草一丝不乱，使佩兰的女子更显端秀。把她画下来。胸前的兰草是绝对的细节，要画出它的俯仰自如和幽幽淡淡的香气。

她用扑闪的大眼睛在人群中寻寻觅觅。忽然，她咧开丰润的嘴唇轻轻笑了，像蝴蝶在她唇边展翅。把这转瞬即逝的笑容也画下来。

于是一个少年正对着她的笑容从模糊的背景中走进我们的视野。他很俊美，但同时显得成熟与端庄，有着看上去值得托付的可靠。他的前胸，同样佩戴着一束兰草。把他也画下来。画他的眼睛，画他看到她时眼眸里坚定而柔情的神光，画他说话时眉毛轻轻耸动的优雅。

你来了吗？她说。

人太多了些。我一直都在找你呢！他说。

她伸出一只手轻轻晃他的袖子说，你去过河边了吗？

他说，我已经去过一次了啊。

她说，那就再去一次嘛！

要把这也画下来，尤其要画她轻轻晃动他衣袖时的表情。那一抹娇嗔里满满的诱惑。也要画他故作镇静的半推半就。如果能画得细腻，这是多么富有趣味。

于是，她和他一起加入到了河边歌舞嬉戏的人群中。她悄悄说："你看，有很多人在看着我们呢！"少年笑了："也许，他们也觉得我们正看着他们呢！"

她忽然灿烂地笑起来，风中的花香把她的目光带到了远处。她抬袖顺风扬起了手，指着河对岸说："你看，你看，那边好有意思哦！他们怎么那么快乐呢？"顺着她手指的方向，一片红色的花海跳进了少年的视野。

把这花海也画下来，要用最鲜艳明快的颜色。要画出花海上旺盛炽烈的阳光，画出花海随风起伏的舞姿。

原来，在洧水彼岸，大片的芍药开得正浓正艳，盛装的青年男女穿梭其间，像一对对花丛里流连忘返的蝴蝶。蝴蝶，以及那些像蝴蝶样的红男绿女要画下来，它们是背景中不可缺少的部分。

"你想去那边看看吗？"他问。

"嗯。"她答。

于是，他拉着她的手，渡过了河流，扑进了芍药花海里。妩媚而绰约的芍药万花攒动，在风中像红妆舞蹈的少女。她开始跑啊跑，他尽情地追啊追。终于跑累了，就躺倒在芍药花下。黄莺嘤嘤叫着，河水汩汩流着。他一瓣一瓣数她胸前的花儿……把这画下来吧，用最慢最细的笔，不但要画出色彩，而且还要画出那声音，那衣服窸窸窣窣的响声，那吹气如兰的呼吸。

终于，他们从花丛里站起来，他折下一枝最大最艳的芍药，无比郑重、无比深情地送到她手里。这芬芳馥郁的花朵，每一瓣都像润泽了水神的灵光，送给你，作为我们今日爱情的见证，作为我们此生的契约。此花为媒，此花为证，执子之手，与子偕老。

那画面正中的芍药，那采芍相赠的手，那四目相视时的深情，请一丝一缕画出来。然后，你便画出了“诗经时代”溱洧水边的爱情。

3

佩兰，是贞洁的展示，是对幸福祥和的呼唤。采花，是爱的表达，也是专一心灵的显现。向情人献上一束春花，便是献上了自己一生最初始的爱。这一切，皆是在河流边上，河流有灵，这使青春的爱情，如在神前。被祝福，也被永世监护。

《溱洧》是一首喧闹的好诗，里面有舞台剧般的歌声与对话，也洋溢着兰草的优雅与芍药的艳丽。作为河流的溱洧像缓缓拉开的幕布，轻声慢语托出了一台青春爱情剧。

剧中说，你去过河边了吗？让我们到河边欢乐的人群中去吧，你给我采一朵花。

这几乎是所有青春爱情的台词。既是“诗经时代”郑国女子的，也是我们时代，以及未来时代里所有青春女子的。被诗记录的声音就这样超越了时间，使青春在水边采兰赠芍的欢乐得以成为永恒定格的存在。

但喧闹的青春冶游也并不总是“洵訏且乐”的，“伊其相谑”的青春男女也不一定都能被水边的神灵深情祝福。

闯入人群深处的青春，常常一不留心，就会导致让人悲痛万分的事件。

2014年12月31日23时35分，上海外滩广场突然人相踩踏。数以万计怀着在跨年之夜寻求祝福的人群，突然落入劫难。36条生命霎时消殒于黄浦江畔，而身亡者多是青春正好的女大学生。

但这一切，似乎又与青春的喧哗与热闹本身无关。

你永远不能对青春正好的身体说，不要到水边人多的地方去。这可能就像告诉一只蝴蝶，不要去花丛中翻飞。

如果不能到花丛中去嬉戏，蝴蝶还出生做什么呢？如果不能到河边上的春天里去漫游，去热爱，青春还苦熬做什么呢？

他们是一定要到河边去的，那就让他们去吧。只要他们能从那些春天的兰草、那些绽放的芍药中采撷到自然的真谛，领悟到生命的纯美与深情，就已不枉青春。

但还是祝愿一切到水边的青春欢乐地去，幸福地回。因为还有整整的一生，等你圆满。

让我因你泪落如雨

彼泽之陂(bēi)，有蒲与荷。
有美一人，伤如之何？
寤寐无为，涕泗滂沱。

彼泽之陂，有蒲与蕑(jiān)。
有美一人，硕大且卷。
寤寐无为，中心悁悁(juān)。

彼泽之陂，有蒲菡萏(dàn)。
有美一人，硕大且俨。
寤寐无为，辗转伏枕。

——《诗经 · 陈风 · 泽陂》

1

70万把爱情锁，终于压坏了法国巴黎的艺术桥。这是2014年爱情的浪漫分量。但这压垮一座大桥的爱情加起来，恐怕也比不上一个中国成语——“涕泗滂沱”。你们70万人去用金属锁头压大桥吧，我一个人为了爱情，用鼻涕眼泪下一场滂沱大雨。

这真是一场四两拨千斤的爱情比赛啊。一个哭着的人拨倒70万浪漫的人。

但这并不好笑，在一个男人的涕泗滂沱面前，你应该保持严肃，甚至给出某种敬意。你千万不能说他软骨头，不能说他儿女情长，更不能说他玩爱丧志。一个男人，为了他的爱情，能把泪当成雨来挥洒，除了证明他过分深情，过分伤心，以及他的爱情过分沉重与美好，还能有什么坏处呢？

而一个对爱情这么执着、这么用力的人，是足以改变世界，做好很多事情的，甚至，也够得上英雄。

古来情种，都是某种意义上的英雄。比如抱柱而死的尾生。比如在《神曲》里下得地狱上得天堂的但丁。但我奇怪的是，究竟是怎样一种规格的爱情，能让人心内雷鸣电闪，乃至能用双眼下一场泪雨呢？答案是：除了宗教一般赤诚的爱，以及这爱的丧失。

当你像但丁一样爱上贝雅特丽齐般的女神，当你的爱情产生宗教般的庄严与神圣，当它在你心中呼风唤雨，你便被爱的力量所充斥。而一旦这爱的力无所着落，或者那爱的对象突然遁离，弃你而去，你就会对遥远的女神泪下如雨。

是的，失恋，比相恋更能激发出一个人对爱的渴望，就像剪枝能使枝条更加茂密。失恋，是让你倒退一万步，然后再生出冲过去爱的渴望。冲不过去，或者冲过去了也爱不上，这便要落下大创伤。

失恋是一种很大的暗伤。它一开始不一定有很大的创口，但会很快地扩散，在细胞中裂变，越钻越深，就像中国南方传说中的蛊，刺人于无形之中。那感觉就像胸中有无数尖刺却吐不出来，但偏偏有木槌在肋骨上敲打，越打越疼，终于哇的一声让你痛哭了出来。然而又怕惊扰了别人，只能无声地抽泣，哭到伤心之处，竟然就泪落如雨。

我惊讶于中国古人心里爱情的重量。所谓“得之我幸，失之我命”。得失之间，押上去的，是一条命的分量。失去了，命就没了，或者不要命了。

为了爱，可以不要命。这是怎样庞大的爱情。这庞大的爱情又不是个别的，它是普遍到无数升斗小民之中去的。你看大多数中国爱情民歌里几乎都会突然撕心裂肺地爆出一句：“我那要命的二啦妹妹。”

妹妹骑驴，翻山远去，遥望的哥哥只能在黄土梁上面向青天涕泗滂沱。而在古老的《诗经》里，一个临水而居的陈国男子，也在他丧失的爱情边上，为他走失在水泽中的女子，深夜不眠，涕泗滂沱。

2

究竟是怎样的一个陈国女子，能配得上这深夜滂沱的泪雨?

这把灵魂与暗夜纠缠在一起条条撕裂的哭声，惊动了屋外的水乡泽国，连水畔的植物都惊动了。香蒲，水莲，荷花，芦苇都纷纷摇头，因这男子的伤心而动容失色。

植物们是有灵性的。敏感的水畔植物尤其如此，一花一叶，皆若有神灵凭附。它们也因此而姿彩熠熠。如果你以后来到水泽边上的缓坡，请放慢一些脚步，小心惊扰了停驻在植物间静修的神灵。

而此刻，男子完全没有意识到他惊扰了水神，以及水神分散在岸边植物身上的灵。巨大的悲痛正像一只罩子把他拘扣在下面，他陷在黑暗中的眼睛看不到任何明亮的事物，除了那女神般的爱人。

这女子此刻正从大泽的深处踏水而来。一束天光从她头顶照下，散成水面扑闪的碎银。在男子狂乱的想象中，她周身洁白，姿态袅娜，时而优雅舒展如香蒲，时而粲然一笑如盛开的荷花。哦，这美人，这曾与自己共相厮守的女子，忽又陷于黑暗的沼泽之中，在他的想象里形成一个旋转的黑洞。他头晕目眩，无法入睡，醒着却又像睁着眼睛在做梦。而无论是睡是醒都没有办法，都拿那消失的爱人无可奈何，他只有哭，只有用眼泪去浇灌即将枯死的爱的映像。

哭是一种挽回。那深爱的女子就像一株水畔的植物啊，要用眼泪去浇灌，才能让她在想象中重新生机勃勃地开出花来。那就让我倾尽眼泪浇她，就像神瑛侍者浇灌绛珠仙子。

在他的哭声里，那隐伏在黑暗里的女子又重新出现了。这次她开成了一朵雾中的水莲。迷雾在水面上慢慢消散，水莲一瓣一瓣地开出来，澄净，甘美，清纯，金黄的花蕊像她的小口，吐着淡淡的芬芳。她忽而又从水莲花中站起，轻移莲步走上岸来，一步一步走到陂上的香蒲之间。她的形象在恰到好处的月光下开始变得具体起来。这是一个身材颀长而妙曼的女子，有着牡丹式的弱骨丰肌，有着海棠式的娴雅粲然。她在月下回眸，露出那么缱绻的一笑。这一笑太温柔，也太锋利，她忽然就割断了男子凭空架起的想象之带，把踩着钢丝行走的男子再次摔回到了黑暗里。

醒着，睡着，夜都像一堵无法穿越的巨墙。爱人就在黑暗的另一边，他以头去撞击黑暗，砰砰有声，却难以穿越。而黑墙越升越高，最后呼啦一声翻倒下来覆盖了他。他像一个做噩梦的人忽然开始抓挠着自己的胸口，要把那痛苦从里面抓出来。

泪水汩汩渐渐洗白了浓黑的夜色。在他已经稀薄的意识中，爱人终于化作一朵晨曦中淡淡的荷花。不远不近，兀自摇曳在清冷的水滨。他艾艾哭泣着，最后翻了一次身，一头扎在枕上，死一般地昏睡了。

没有人知道，这是他第几个彻夜不眠的夜晚了，也不知道，这样的夜晚，究竟还有多少。只是水边的植物，在他深夜不住的哭声里，渐渐枯萎。连泽国里的水，也日显清浅。

水落鱼梁浅，天寒梦泽深。也许只是因了一个失恋者的哭泣。

3

在日本学者看来，《诗经》里的花花草草，都是带有神性并能使灵魂呈现的“咒物”。它们最初都供奉在神社或宗庙里，是用于向神灵祈祷的祭礼。

而诗中有关植物的言说——“兴词”，便是向神灵诉说的一部分。只有当宗教性的集体激情慢慢退却，这些向神诉说的话语才渐渐演变为诗，具备了个体抒情的功能。

所以诗是可以通神的，它绝不仅仅是一些押韵的句子，而诗里的植物，本身就具备着神性。我之所以爱《诗经》，爱《诗经》里的植物，就是因为这关涉花草的每一句，都像一个个体灵魂向神的倾诉。他的喜悦，他的悲伤，都是真诚袒露的，一物不隔，就这样连血带肉完完全全地端到你面前。比如这“彼泽之陂，有蒲与荷。有美一人，伤如之何。寤寐无为，涕泗滂沱”。

我不知道为什么“诗经时代”的人总是有这么密集而巨大的悲伤，以致能把哭泣像一场暴雨那样挥洒在对爱人的思念里。而我常常在思念一个曾经的爱人时，欲哭无泪，昏然如石。

双眼无力，是因为灵魂里不够，挤不出一滴泪水，是因为情渊已经干涸。我从此知道自己其实是一个灵魂里缺乏爱力的人。也因此，我总想着借一首诗唤回青春的深情，或者为自己的情感之渊添加一点深度。比如，学着去为一个爱人涕泗滂沱，哪怕一次也好。

“涕泗滂沱”，眼泪和鼻涕的沛然大雨，真是一个精彩的比喻，但绝对不是你想的夸张。它是对爱情细节的描摹，是对失恋程度严重性的展示。它从一个反面展示了爱情生病后的力量。生了病的爱情就像一棵内部生了虫的树。而“涕泗滂沱”就像一只啄木鸟，它啄着爱情的树干，每一啄都有十五公斤的重量。只有这每一次十五公斤的梆梆梆梆，才能啄出爱情深藏的虫子。“涕泗滂沱”正是这样一个飞溅着响声和重量感的词，让我们迅速感知爱情的具体分量。它用一个暴雨横飞的否定，给我们指出雨过天晴时爱情的天空是多么明净。

《泽陂》是一首失恋者的古歌。因失恋而心伤，无论是睡着还是醒着，都难过，但难过并不解决问题，无可奈何，无所作为，只有为那个自己所爱的人儿泪下如雨。

但，这个世上虽有哭塌的城墙，却并没有几次哭回来的爱情。尤其是在我们今天的爱情格局中，你无法用眼泪去下载缓存的爱情。一个一不小心透支了爱情流量的人，深夜抛洒的眼泪是无效的。甚至，究竟得用哪款软件才能传递你的眼泪给走失的女神。

在这个遍地失恋的小时代，面对消失于云上的恋人，还是先收起悲伤的眼泪，先浇灌自己茫然的内心，然后伸出抓心挠肺的双手，走出黑暗去建造一所房子。你得先让她看到你唤回爱情的勇气。

我记得在那部美国电影《恋恋笔记本》里，勇敢的男主角就是这么干的。他不言不语，伐木搬石，用很多年为远走他嫁的爱人在曾经的水边造了一所大房子。

然后她就回来了，虽然只是回来看看。他带她去河水里划船，像他们少年时那样在白色的水鸟群里划船。而一场突如其来的大雨终于惊醒了她，她一身湿淋淋的，突然就决定留下来再也不离开。

那一刻，他在屋内靠着壁炉看窗外的大雨，胡须茂密的脸上涕泗滂沱。

我们一起来跳舞

东门之枌(fén)，宛丘之栩。
子仲之子，婆娑其下。

穀(gǔ)旦于差，南方之原。
不绩其麻，市也婆娑。

穀旦于逝，越以鬷(zōng)迈。
视尔如荍(qiáo)，贻我握椒。

——《诗经 · 陈风 · 东门之枌》

1

为什么在史前的岩画中，人类穿草裙、围兽皮的始祖们总是盘旋着身体在跳舞？为什么即使他们挥舞着木棒，投掷着石块在围捕一只猛兽，或者只是在树林中采撷一只安静的果子，那身体也会因夸张变形的姿态而像极了舞蹈？

这很可能是因为，即使在原始人混沌的意识深处，舞蹈，也是他们最美好、最热烈、最钟情的姿态。他们喜欢留下这充满激情的形体样貌在岩石上给自己的部落子孙，就像我们后来的人，总喜欢将自己最满意的形容留在纸张、胶片和硬盘里，赠给遥远的时光。

舞蹈是穿越在时光中的活体连环画，记录着人类对自然、对神灵、对劳动的最初记忆，也记录着人对自己身体与灵魂的惊喜发现。当原始的人类开始围着氏族的图腾狂热而痴迷地舞蹈，当他们开始借助舞蹈向自己信仰的神灵祈祷安康与富足，人类就学会了尊敬与信奉、团结一致与自我约束，就开始远离蒙昧，从童年慢慢长大。

于是有人说，人类正是借助舞蹈拨开了僵硬湿冷的暗夜，迎来了混沌初开后乍现的文明之光。在黎明到来的那一刻，人类心灵美好而有力的激情传达到了每一个骨节，灵魂第一次在自己的肉体上找到了自由的表达并与之合而为一。美，于是先于语言而诞生。

是啊，如果没有舞蹈，这个世界该是多么呆板僵硬。就像如果没有歌唱，这个世界一定冷寂如灰。是舞蹈，增添了世界的生动，并使这个庞然滞重的世界开始变轻，变美，变得更有活力与希望。也许正因为此，伟大的哲学家尼采才说："愿我的美德能成为舞者的美德；愿我能凭了双足便跃入金黄与翠绿的痴迷；愿所有的笨重都变为轻盈，所有肉体都变成舞者，所有的精神都变成飞鸟，那就是我的全部，那就是我不折不扣的全部。"

这个尼采，他果然以太阳般的痴迷与狂热，纵身一跃，成为人类精神世界第一个起舞的哲人。

而对大多数凡人而言，舞蹈，就是最活跃、最美妙的身体活动，是心灵激情的呈现与表达，是用年轻的身体摇摆着来说话。一切老朽的躯干都不可能在节奏中美妙地摇摆起来，就像一切死气沉沉的心灵都不可能随着旋律放声歌唱。

舞蹈，只留给身体与心灵都充满着力量并渴望着交流与应和的人。比如，周身的血开始在温暖的风中变得滚烫起来的少男少女们。他们是天生的舞者，能在手舞足蹈之中让肉体像鸟一样飞起来，让美像春天的花儿一样尽情地绽放。这是青春舞蹈的魔力，而当年轻的心借助舞蹈开始飞行与碰撞，爱情之树便在舞者之间根叶相连，开花结果。

如果你的青春正充满了力量，如果你充满力量的心正寻求另一颗心的呼应，如果你想与美丽的人一起去追求青春的自由与热烈，那么，来吧，让我们一起来跳舞。

2

《诗经》里的少男少女也在跳舞。或者说，他们总是在跳舞，从春到夏，从夏到秋，即使在冬天，也能听得到他们跳舞时伴奏的击鼓声。这些不知疲倦又十分可爱的小家伙，好像有无限的精力必须通过跳舞才能打发，又好像有无限的深情，只有通过跳舞，才能从一颗心抵达另一颗心。

跳舞，是“诗经时代”的社交软件，是青年男女寻求爱情的普遍手段。一个不会跳舞的青年，就像我们时代不会上网的笨伯使人发愁，他该到哪里才能找见自己的爱情呢？但别担心，对《诗经》里的少男少女来说，跳舞好像根本不是后天习得的技艺，而更像一种与生俱来的本领。就像花儿不需学习开放而天生就会开放，就像鸟儿无需练习歌唱而张口就能歌唱那样，他们都是先天通灵的舞者。生命一到拔节的春天，他们一舒展开身体，风就像摇荡的铃鼓，恰到好处地开始伴奏，手之舞之，足之蹈之，青春的舞蹈就自然来了。

尤其是在舞风炽盛的陈国。

陈国是“诗经时代”的舞蹈之乡。这里的每一尺土地下，都好像埋伏着一面神秘的皮鼓，人的脚步只需轻轻踩踏，就会响起嘭嘭的鼓声。这里的每一棵树后，都好像藏着无形的琴弦，风的手指一拨，树冠就会婆娑起舞。

很久很久之前，这里曾迎来一位美丽而善舞的女子，她是周天子调皮而任性的女儿。这位叫大姬的姑娘不但给自己的丈夫带来了尊贵的诸侯之冠，也为这里的人民带来了王城的歌舞之风。在这片宛丘周围平阔广大的土地上，她带领她的子民一起敬奉神灵，一起以歌舞颂扬生活。很多年慢慢过去，她开始成为一个与宛丘同在的神话式人物。人民开始在当年她纵情歌舞的宛丘之下种植美丽的栩树以示怀念。她留下的神灵与歌舞也一起被后人承继，化为涌动在血液深处最虔诚的遗产。

当春天到来，怀念大姬的少男少女们要遵照古老的传统，到东门之外迎接春神。春神会降临在东门之外的枌树之上。这种后来被人们叫作白榆树的"枌"，总是因春神的福临而光彩熠熠。它的枝叶在春风里开始变得柔嫩而鲜丽，它舒展枝条，挥舞叶片，呼唤奔向它的青年男女，用摇摆的节奏引导他们一起跳舞。那些俊美的少男来了，他们身披象征精灵附体的华丽鹭羽，敲着响亮的皮鼓热烈地向着东方舞蹈；那些娇艳的少女也来了，她们欢笑着加入舞者的队列，与中意的男子一起结伴对舞。这是属于他们自己的节日，以迎接春神的名义，释放青春的激情，表达对生活的爱。而更多的，还是舞蹈中间的两情相悦。舞蹈着的男女，放下平日的矜持与拘束，忘记了各自的身份、地位与财富的丘壑，只有身体本身的活力与美感，在四目相对、电光火石之间传递彼此的倾慕。当两个同样年轻的身体在庞大的队伍里因相互吸引而选中了彼此，美妙的爱情便要在接下来的盛大春天里萌芽。

春天慢慢过去，夏天就要从遥远的南方到来，情谊暗结的少男少女们就会不约而同跑出南门之外迎接夏神。热烈多情的夏神降落在大姬当年舞蹈的宛丘之上，那里的栩树如今已连绵成林。栩树十分神奇，它的树干像铁一样坚硬，而树冠又极其柔媚，远远望去，就像无数伟岸的男子举着起舞的美女飞扬在绿色的原野上，栩栩如生之间，充满了生动活泼与欢喜自得。少男少女们奔跑进栩树林中相会，各自找出自己春天时结识的伴侣，然后一起以夏神的名义跳舞。

这一年，舞蹈的队列里有一个特别美艳的少女为所有人瞩目，这个子仲家的女儿不但姿容绝代，舞技也炉火纯青。她盘曲着身体扬起华丽而繁复的衣袖婆娑起舞，那热辣迷人的舞姿不禁让人想起当年的大姬。在这个美好的早晨，她呼唤着、歌唱着跑出了家门，她的很多女伴匆匆放下了手中纺织的苎麻，跟着她跑过南门外的原野，跑进宛丘之下欢舞的队列，与钟情的爱侣们一起歌舞。

快乐的时光总是过于短暂，欢乐舞蹈的良辰美景就这样慢慢接近了尾声。在这欢乐舞蹈、迎接神灵的节日即将结束的时刻，舞者们要给自己的爱情一个确证。少男们因爱情而分外明亮的眼中，自己钟情的少女因兴奋和羞涩而红云飞渡脸颊，灿如阳光下盛开的锦葵。她是多么美丽，多么值得爱恋啊。而在舞蹈的少女们看来，自己中意的少年郎也是俊美无比，为了你给予我的爱情，我赠送你一个花椒香囊作为此生相恋的信物，愿你永世珍藏。

3

《东门之枌》是一首舞者之诗，它借一位树下婆娑起舞的女子，给我们讲述了“诗经时代”因舞而生情的青春故事。在热烈的舞蹈中，我是你眼里的锦葵，你送我定情的香囊。满满的人世幸福，尽在青春一舞之间。这不禁让我觉得，青春能够尽情地跳舞，真是太好。而身体如果不能在青春时节起舞，或者还没有来得及跳舞，那实在是过于浪费与可惜了。因为，不能在跳舞中踢踏摇摆的青春，丧失的不只是身体的活力与血液的热度，可能还有灵魂深处对自由的渴望，对美的追慕，以及对于创造的激情澎湃。

青春的舞蹈不仅仅是一种身体行为，它往往会由舞动的身体进入你的精神世界，在你灵魂深处点燃一把舞蹈着的火焰，照亮你短暂的青春与漫长的后青春岁月。一切澎湃的青春都应去身体与精神的舞蹈中寻求一个飞扬的机会，一个摆脱沉闷、无聊与慵倦的机会，一个更新自我、让激情如地火喷涌而出的机会，一个让自己变得美而有力的机会。

这不禁让我想起了人类史上最伟大的舞蹈家伊莎多拉·邓肯女士，这个几乎没有接受过任何学校教育的女子，在舞蹈中发现了自己的才华和一生的使命。从贫困无助的幼年开始，她便开始在舞蹈中磨砺与创造，最终使自己的品德、勇气如她伟大的舞技一样征服了全世界，并超越时间成为人类文明之河上一道永恒的光芒。

一切对自由与创造充满激情的青春，请让我们全身心地投入舞蹈吧，就当自己是少女时代的伊莎多拉，胳膊美妙一摆就像玫瑰花瓣开放，凌空一跃就像要飞上轻盈的月球。

给爱情一个加速度

有女同车，颜如舜华。
将翱将翔，佩玉琼琚。
彼美孟姜，洵美且都。

有女同行，颜如舜英。
将翱将翔，佩玉将将。
彼美孟姜，德音不忘。

——《诗经·郑风·有女同车》

1

1942年11月，伏尔加河畔炮火横飞的斯大林格勒，一对相拥度过暗夜的恋人在攻防战之间的凌晨醒来。他们栖身的废墟对面，便是纳粹德国的枪口，虽然并不知道自己还能否在接下来的战斗中继续活着，但在这血色的黎明时分，他们仍然能够短暂地回味昨夜的爱情。

英雄狙击手瓦西里突然对自己臂弯里的爱人坦尼娅说："有一件事我想告诉你，坐火车来这里的时候，其实我和你在同一个车厢里。你在看书，然后睡着了。我不敢看你，你太漂亮，太惊人。之后，我总是想起你，想起你就笑。又想到今后可以拥抱你、逗你发笑的那些人，他们是多么幸运。但现在，我居然可以躺在你身边。"

是的，这是经典战争影片《兵临城下》里最最温馨感人的一幕，枪林弹雨中绽开了属于乌拉尔青年牧羊人和莫斯科美女大学生的爱情玫瑰。这对在庸常生活里本不可能有丝毫情感交集的青年，被战争非常态的命运赐予了一次同车共行的机会，仅仅因这同车之缘，仅仅因共同旅程中彼此好奇的一瞥，牧羊小子就迅速爱上了他自以为不可能亲近的女子，并在后来的城市保卫战中以自己无上的英勇赢得了这份光彩炫目的爱。

而在另一部苏联电影《士兵之歌》里，爱情也诞生在匆匆忙忙的火车里，急匆匆奔跑在旅途中的少年爱上了闯入同一节车厢里的少女。19岁的通信兵阿廖沙，在观测哨上孤身击毁两辆德军坦克而成为英雄。他婉拒了将军的嘉奖，申请到短短两天假期返乡帮母亲修理漏雨的屋顶。为了争赶时间，他爬上了运输马草的军列，而冒冒失失的少女舒拉在去看望姑妈的旅程中也偷偷爬进这同一节车厢。在这节塞满马草的车厢里，他们因相互怀疑而彼此厌恶，又在飞快的了解中开始相互爱慕。阿廖沙爱上了舒拉的美貌，舒拉爱上了阿廖沙的善良与诚实。但这战争年代里疾行的火车却只能使爱情像火花一闪，而不可能使爱情的星火在生命中燎原。

到站的舒拉跟着火车奔跑，而风声吞没阿廖沙在火车上大声喊出的地址。他们在短短一天的同车共旅中才刚刚爱上，甚至还来不及憧憬未来，搭载着命运的火车便已轰隆远去，从此再未相见。士兵阿廖沙甚至再也没有回到他的故乡俄罗斯。他死于异国他乡的一次战斗，他的墓前有陌生人献上的花朵，但却永远不可能有舒拉的陪伴。

这部在午夜时分从手机里跳出来播放的《士兵之歌》使我彻夜难眠，眼前反复闪烁的不仅仅是舒拉光彩熠熠的脸，还有一个与爱情有关的词语从黑暗中升起，使我在枕上辗转反侧、嘘唏不已——“有女同车”。

青春，旅程，火车，美女，就这样奇妙地联系在一起，成为我对青春爱情的一种遥远想象。我总是由衷地向朋友们感叹，近代以来大多数最神奇美妙的爱情，都是发生在哐当哐当的火车上。许是生活过于庸常，而登上火车就是进入一个非常态的时空，它使远在天涯的美因一张神奇排列的车票而忽然近在咫尺，使山隔水阻的两个人突然能够隔桌相视，使不可能的爱情因而变得可能。就这样，奔驰的火车，有限的旅程，给了爱情一个方向，一个或快或慢的加速度，一个一闪即逝必须跳起来抓在心里的爱人。

1970年代，中国青年的爱情也诞生在哐当哐当的火车上："火车走着，进入早晨，太阳在海河上明晃晃地升起来，我好像惊醒了，我站着，我知道此刻正在逝去，我知道再过一会儿你将成为永生的幻觉。你还在笑，我对你愤怒起来，我知道世界上有一个你活着，生长着比我更真实。我掏出纸片写下我的住址，车到站了你慢慢收拾行李，人向两边走去，我把地址给你就下了火车。"

这是一封后来流传在全中国的著名情书。写信的人叫顾城。收信的人，叫谢烨。

1979年7月，在一列从上海开往北京的火车上，青年顾城邂逅青年谢烨。车到南京，"我开始感到你，你颈后飘动的细微的头发。""我觉得你亮得耀眼，使我的目光无法停留。""你的眼睛又大又美，深深的像梦幻的鱼群，鼻线和嘴角有一种金属的光泽。"

这是顾城在有女同车的旅程中体验到的谢烨。为了让这位命运赐予自己的女子不像幻象那样消逝，诗人以青春的任性写下住址塞到了他实际已经爱上的女子手中。美丽的谢烨很快在复信中说：

“离开那天你去送我，我们什么都没说，我们都知道，这是开始而不是告别。”

而沉浸在爱情中的顾城幸福地写道：

“太阳落山的时候，你的眼睛充满了光明，像你的名字，像辉煌的天穹，我将默默注视着你，让一生沐浴着光辉。”

他们的爱情，就这样你情我愿地画卷般展开，直到二十年后异国岛上的清晨。

2

“周人上舆”。

与我们这个无车不行的时代非常相似，三千年前的周人也崇尚车马，对车的制造与使用能力，已经达到了空前发达与普遍的程度。上至国家祭祀、君王巡行，下至贵族田猎出游、平民婚丧嫁娶，尤其是战争时期的征伐攻战，车都是绝对的主角。

而在贵族与平民的游猎、旅行以及婚恋之中，车既是一种象征身份与财富的高档代步工具，也是爱情得以超凡脱俗的道具。那个伟大而豪迈的时代，常常就“之子于归，百两御之”，用上百辆的豪华马车，送一个尊贵的姑娘出嫁，这排场即使放在今天也实在太大，而在那车队里的某一辆马车中，很可能就滋生着美妙的爱情。因为很可能有一个调皮而多情的贵族少年，钻进了某位少女的香车。或者相反，有某位大胆而热辣的贵族少女，钻进了自己心仪的少年的座驾。

于是，有女同车的旅程就或长或短地开始了。

“诗经时代”的车，已经成为一个相对密闭的空间，宽敞的方形车厢、可以灵活拆卸与组装的圆形车盖已经能够将车里的人与车外的世界安全地隔离开来，从而让私密成为一种可能。而为了战争而设计并标配的车，又使灵活性与速度感被最大程度地突显。高车驷马，在宽广的周行上奔驰起来，很容易就会使爱情的心跳格外澎湃而欢畅。

而这种行驶在大道上的马车常常又因主人的地位、格调而被加以不同的装饰，呈现出不同趣味的美。如果这辆车恰恰是某位贵族小姐的香车，那车子一定和它的主人一起都环以璎珞，饰以珠玉，车厢内外都荡漾着芬芳气息。

此刻，在郑国宽阔平整的大道上正飞驰着这样一辆华丽而高雅的马车。车前飞奔着的是四匹白色的纯种骏马，马的肚带上镶金嵌银，描画着繁复缠绕的植物图案，马的脖子下摇荡着清脆悦耳的绿松石铃铛。驾车的御者年轻而雄壮，他高扬丝缰催促着马匹，让座下的马车既快又稳地飞奔过田野与村庄。

车里，别有洞天。一对人儿正含情对坐，四目相望间，有花儿在彼此的心间悄悄开放。他们都荡漾在这狭小空间的静谧幸福里，以致浑然忘却自己正端坐在疾驰的车轮之上。车里的少年，感觉自己此刻的身体正在变轻，好像有一对蝴蝶的翅膀正从宽敞的衣袖中慢慢长出来，慢慢带着自己透明地上升。空气正在车里变得温热而湿润，从她身上袭来的衣香正在自己一尺之内慢慢聚拢，形成难以抵挡的碧绿的诱惑。有一只小飞虫嗡嗡地从他的心底飞上来，直飞进他的眉宇之间，形成一个充满了爱的旋涡。

一缕偶然的风钻进遮挡严实的车帘，撩动了少女脖颈后柔软的发丝。她大而明亮的双眼先是扑闪了一下，然后阵阵微痒让她不禁轻轻一笑。那笑容因矜持而缓慢，因缓慢而柔媚，恰像春天的暖风拂过清晨的水面。这一笑，让肤色洁白的少女不禁两颊微红，让她在少年的眼里太像一株正近距离开放的木槿花。他能感觉得到，她正从里向外一层层地打开心房，让爱情的花蕊袒露在自己面前。他能感觉得到她和自己一样，正悄悄挥舞着青春的翅膀，企盼着同车之旅的爱情。你看，她多像一只因静悄悄的爱而激动不已的小鸟啊。她在她自己爱的幻想中高高低低地一次一次飞翔，一次一次脸红，一次一次轻轻颤动衣裙下的身体，把佩戴的红玉石绿宝石碰撞得叮叮响。美丽的姑娘啊，你真是太美了。

少年终于大起胆子，“孟姜孟姜，让我们相爱好吗？让我们相爱一生好吗？”

车外策马过河的御者，听见自家的小姐，轻轻地答了一声：

“嗯！”

3

有女同车，旅途总显太短，来不及讲出一个完整的故事，只能让幸福的感觉轻轻荡漾。

有女同车，是命运至为奇妙的赐予。如果有幸把自己放置在一个同车少女的面前，青春的少年就该紧紧抓住这命运少有的慷慨，去勇敢而迅速地爱上她，并及时递上一个自己的住址。

热情洋溢的少年，请相信自己的好运气，请相信青春出行的岁月里，总有一列火车留给你一个神奇的座位，总有一个窗口坐着你梦里的少女，等你在到站之前走过去，开口说话，说出你的才华，说出你对她热恋的想念与爱慕。

总有一段姻缘，在你开口说出之后，让美梦成真。

其实如果再往远处想一想，我们的青春何尝不是一趟匆匆驶向目的地的单程列车啊，开出去就不再回来，而总有一个终极的站口、一个白发如雪的站务员在那里，挥旗举灯，等着接受你后青春的绿车皮。

而有女同车，不过是一场梦幻式的桃花记忆，一个温馨甜美的青春警示，提醒你青春太美好，光阴太残酷，岁月易逝，好梦易醒，请珍惜这“将翱将翔、佩玉将将”的时光旅途，请抓紧那“洵美且都”的宝石般的爱人！

那些年我们一起追理想

岂曰无衣，与子同袍。
王于兴师，修我戈矛。
与子同仇。

岂曰无衣，与子同泽。
王于兴师，修我矛戟。
与子偕作。

岂曰无衣，与子同裳。
王于兴师，修我甲兵。
与子偕行。

——《诗经·秦风·无衣》

1

当李健获得2014年HITO流行音乐内地歌手奖，并以40岁的后青春“高龄”开始大红大紫时，我都快忘了当年其实爱过他的《一生有你》与《青春正传》，只不过那时，他和另一个亲密搭档一起，被我们叫作水木年华。

水木年华，这对大时代末尾的深情浅唱者，是镶嵌在很多人青春深处的一个闪光标志，他们午夜的歌声，那嘶哑且略显疲倦的喉咙，曾给过多少和我一样睡不着觉的少年以诗意的安慰。青春啊像一扇关闭的窗，青春啊又像一个开放的阳台，只是，当我终于可以跳过窗台趴着阳台遥望，那唱着青春不老的歌手却早已背起吉他独自离去。

人说40岁的李健，仍有着青春少年样的容颜，以及纯美、悠扬的华丽歌声，但我总觉得，在录完《青春正传》转身而去，单飞进岁月的天空之后，他就抛下少不更事的青春一去不返了。这与李健本身的履历与品格无关，仅仅是因为，某种对共同情感的放弃使我久久无法释怀。就像一个小孩面对落地的风筝习惯迁怒于一扇独自折断的翅膀那样，作为一个怀旧的人，我总是不太能原谅那些放下同伴独自出走的聪明人。志同道合，就应患难与共，就永远不该半途而废。

只是，我们偏偏生在一个过分追求所谓个人价值的年代。每个将自己看得重于泰山的男子似乎都能轻如鸿毛地放下青春共同的誓言，放下曾经义结金兰的兄弟，单人匹马去搏一己荣华富贵。

我想，我们这个年代，怕是再也出不了刘关张式的桃园三结义，出不了梁山泊一百单八将。甚至，连悟空、八戒、沙和尚那样的取经三兄弟也出不了。因为，三人行，必有一人不信，已经没有共同信仰的经书值得你我他一起去历尽九九八十一难。

说来让人心痛，一个男人，已很难相信另外一个男人，更不用说为共同的理想生死与共，性命相托。当几个青春少年头脑一热聚在一起，便总会有一个伶俐虫从他们貌似颠扑不破的同盟关系中偷偷出走，在一个共同的远大前程之外来一个私自一闪念，就像《投名状》里的大哥庞青云，就像《绣春刀》里的二弟沈炼。

就像电影里逐渐展示的悲剧那样，青春的弟兄，虽然披着一样的飞鱼服，虽然佩挂一样的绣春刀，但是不再有当年誓同生死的锦衣卫。因为，不再有人能够体会古老的“袍泽之情”，不再有难兄难弟愿意为象征共同梦想的一件人生制服而赌上终生。

不但如此，我们还开始将怀疑的触角向远处延伸，对那些过往时代中男子之间的伟大情谊进行指摘与挑剔。我们见不得一个远古的男子对另一个男子好，见不得他们在一起彼此携手扶持，互相牵肠挂肚。他们一旦“渭北春天树，江东日暮云”，一旦“桃花潭水深千尺，不及汪伦送我情”，有些人就准备在他们闪光的名字下面备注一个猥琐的某某“好基友”。

在这个轻薄点赞、朋友圈泛滥的微信时代，男人与男人之间兄弟同心、其利断金式的情谊消逝了。我们似乎不知道，在古代，还有一个男人愿意为他的同性知己去赴汤蹈火，而另一个人，愿意穿着他异姓兄弟的血衣去完成他们共同的事业。

“我自横刀向天笑，去留肝胆两昆仑。”如果谭嗣同活在今日，他是否会在杀戮的前夜独自逃生？谭嗣同慷慨赴义一百三十年后，试问青年，肝胆何在？同生共死的大义何在？

这狼性小时代里的狼狈青春啊，似乎已只留下尔虞我诈的争夺，似乎只有走别人的路让别人无路可走，而没有了惺惺相惜的青春襟怀，没有了“岂曰无衣？与子同袍”的分享与偕作。

那么青年，你计划一个人独自去哪儿？你是否能两手摸黑抬起头来看看天空里的群星——独自远去的星星都在一闪即逝之后成为黑沉沉的陨石，而真正永恒闪烁并被人类铭记的明星，永远活在它的兄弟们之间。

就像那个正替他的弟兄整衣磨枪的秦国少年。

2

秦国少年的梦中，有明月，也有明月之下硕大的马蹄。十万只马蹄踏破关山，在四处点燃的烽火映照之下，漫山遍野而来，撕碎家园的夜晚，并将随之到来的黎明蹂躏出片片血红。

共同的噩梦滋生共同的仇恨，共同的仇恨要比共同的爱，更能让青春的热血沸腾。

秦国少年们心中，始终有一个共同的天敌——西戎。这个象征着灾祸并总是带来哭声的名字就像一颗仇恨的血种，早早被父辈用故事播种在少年们的心田，并随岁月一起长成一棵巨大的复仇之树。在父辈早年的讲述中，这个叫西戎的敌人总是一群在夜晚时分骑马到来的恶魔，他们浑身长满长长的黑毛，有着既像豺狗又像鬼怪般的凶恶嘴脸。他们烧杀淫掠，甚至像野兽那样活活将儿童撕裂吞食。他们总是像一阵阵月光下的黑风暴，从西方山地的豁口席卷而来，顺着绵延的山谷，袭扰关山背后阔大的中原。

不断西来侵扰的犬戎和他们数不清的同类像一块横飞的巨大阴影让周天子寝食难安，头痛欲裂。幸好，还有当初居住在秦地的养马人的子孙，阻挡着这些风一样刮过来的恶魔。这些西部边陲的养马人，就是后来的秦人。他们的先祖，在抵挡犬戎的历次劫掠中，纷纷血染疆场，子孙后代们继续拿起父辈的戈矛，在这场旷日持久的驱魔战争中奋勇献身。

很多年和着血泪过去了，日益强大起来的犬戎终于绕过顽强得像一块血石似的秦地，从空虚的别处突入周天子的王城。他们杀死昏庸好色的幽王，大肆掳掠并烧毁王城而去。闻讯勤王的秦人哭泣着将周天子的子孙送到东方，在洛水之阳建立了新的王城。新立的周平王感秦人殷勤护驾之功，遂封其首领为诸侯，这便是伟大的秦襄公。天子对襄公说："只要你能替国家驱逐恶魔般的犬戎，八百里岐丰之地就赐予爱卿永作西藩。"

于是，八百里秦国作为周天子抗击犬戎、誓复血仇的屏障而诞生。生长在这块血与火之地上的秦人，天生便是复仇的战士。每一个秦国少年，天生的使命，便是与他的父兄以及同辈一起，穿起甲衣、抄起戈矛、驾驭战车，杀上驱逐犬戎的战场。为周天子复仇，为祖先复仇，为这片养育他们的土地争取和平与安乐，是他们共同的光荣与梦想。

于是一个年纪尚幼的少年，在父兄奉命出征的前夜，自告奋勇要和他年长几岁的朋友一同出征。

他愤愤地对朋友们说："你们怎能因为我年纪小，就认为我没有资格去上阵杀敌、报效国家呢？不要取笑我没有战衣，我早已备好了和你一样的征袍，磨好了我的戈矛。你知道的，那是我牺牲的兄长在上一场战争中留给我的，那也是我们的父亲在上上场战争留给我兄长和我的。今天，我将要穿起这染血的甲胄，磨好父兄的戈矛，和你们一起战斗，同仇敌忾，去为天子，为大王，为祖先们复仇，为我们自己争取一个和平。”

他的朋友们感其壮烈，纷纷动容，起身对他施礼说：“嗨，你这家伙。怎么能说你不够资格呢？你如果没有战甲，就披挂我的好了，我与你同穿那件战袍。你如果没有甲胄里的衬衣，就穿我的好了。磨好你步战用的长矛和车战用的大戟，今夜我们就一同出发！”

翌日，一场大战在渭水之滨展开。

初上战场的少年和他的青春同袍们一起组成长矛方阵，抵挡潮水般涌来的犬戎骑兵。阵阵箭雨穿身而过，身前举盾的同袍们一个个倒下。少年们挥舞长矛拼杀不止。

从晨至午，血染蒹葭，渭水岸边伏尸遍野。犬戎终于被杀退了。残尸中站起中箭的少年和他肢体残缺的青春同袍们。他们相互扶持，在正午的阳光下敲起盾牌，挥舞血旗，像他们多年前的父兄那样，唱起高亢悲壮的古歌。

3

《无衣》里有看得见的青春锐气，有说不尽的家国大义。

正如谢枋得所说：“春秋二百四十余年，天下无复知有复仇志，独《无衣》一诗毅然以天下大义为己任。”当整个社会一片沉沉暮气，人人沉浸在一己悲欢而不知上有家国时，还有一首诗，能像振聋发聩的号角，吹醒了麻木而自私的心灵，唤回青春心，唤回正义感。

《无衣》尤其是唱给小时代里的青年们听的。虽然貌似一首歌唱衣服的战歌，但它唱的其实还是衣服下拥抱在一起的青春灵魂。亲爱的朋友啊，不要说你一无所有，我把我的给你，让我们一起在共同的道路上，一起为了共同的理想去远方。

这种分享协作精神，这种同舟共济情怀是超越时间的，不只“诗经时代”的秦国少年们如此，不只1911年的林觉民们如此，1919年的五四学生们也如此，为了一个共同的理想，一个认定了的信念，他们随时准备大喝一声，放弃所有可以放弃的，拿起他们能够拿起的，跟随自己的同志与兄弟，前去慷慨赴死。

那么亲爱的少年，你说，在这个“神马都是浮云”的时代，我们该一起做些什么？多年之后当我们老了，除了那些年我们一起追的女孩之外，除了那些年我们一起爱的哈利波特与魔法石之外，我们是不是还可以对子孙们说，当年，我还和朋友们一起追逐过远大的理想。

少不更事，青春才最美。也许正因为不谙世事，青春的热血才能为至为纯正、至为远大的共同事业而冲动，而呐喊，而战斗。给自己找一个志同道合的袍泽吧，给青春一个与子同袍的机会吧，让我们不离不弃，为一个共同的理想去努力。

在青春的被窝里任性十分钟

於(wū)，我乎？夏屋渠渠。
今也每食无余。
於嗟乎！不承权舆。

於，我乎？每食四簋。
今也每食不饱。
於嗟乎！不承权舆。

——《诗经·秦风·权舆》

1

“当你不去旅行，不去冒险，不去拼一份奖学金，不过没试过的生活，整天挂着QQ，刷着微博，逛着淘宝，玩着网游，干着我80岁都能做的事，你要青春干吗？”

这段网传的著名流行语，被著名企业家马云点化为一句更著名的经典励志语：“不吃苦，你要青春干吗？”

在这个正能量喷薄欲出的标题下，我们时代里最具标本意义的成功人士马云苦口婆心地教导青年说：“在最能学习的时候你选择恋爱，在最能吃苦的时候你选择安逸，自是年少，却韶华倾负，再无少年之时。错过了人生最为难得的吃苦经历，对生活的理解和感悟就会浅薄。”

这是一碗乍看激动人心、喝罢忍不住都想舍身饲虎的青春鸡汤，但如果细心一品，却觉得汤里狠狠透着一股腐食动物嘴里的腥气。这种敦促青年依靠长时间的“吃苦”去攒一个看不见的“成功”的人生宝典，恰是对青春的一种误导，以及侮辱——它饱含话语暴力的潜台词是：如果你不像别人那样去吃苦，或者不心甘情愿地以吃苦为乐，那你就不配拥有别人都拥有的那种叫青春的好东西——而它的本质，是一个利用体制空档攫取了社会大部分优势资源的“成功者”、聪明人，在金钱和地位所堆砌出的成功纪念碑上，用符合社会主流价值取向的所谓“吃苦”重新塑造自己的奋斗“前史”，去概括或者去掩盖自己人生道路上那些鲜活的、隐秘的、可能并不光彩的细节。

在一个资源属于社会公众的理论前提下，所有超出一般人之上的“成功”可能都隐含有某些非道德的成分。用一个单薄的“吃苦”去概括通向成功的复杂过程，既是一次自我贴金，也是一次掩耳盗铃。但似乎所有的成功者都想在自己的成功史上贴满“吃苦”的标签，就像一个勇士，如果不露出满身伤疤，就不能突出自己获取胜利时所遭遇的惨烈，就不足以证明自己超凡脱俗的英勇。而事实上，不战而屈人之兵，不伤毫发而获取胜利，不更能显示一个人的智慧、技能与风采吗?

但是，马云们所代表的成功群体在成功之后却迅速地走上了“愚弄青年”的说教路线。他们恨不能让这个时代里所有的青年都像一群骡子和牛马，不用鞭子抽打，就满心豪迈地走在自愿吃苦的道路上。他们从来不敢告诉青年：绝大多数的骡子和牛马“吃苦”了一辈子，到最后也只是老死田间地头，非但没能成功，反倒被宰杀了当肉卖。成功的，其实是轻而易举地获得了“畜力”的主人。

如果你甘愿做骡子、牛马或者叫驴，就请相信“吃苦”有用的心灵鸡汤吧！如果你不相信，就请在反问中思考：如果“吃苦”是难得的人生经历，那奥斯维辛集中营里朝不保夕的犹太青年们作为上帝的选民是不是实在太幸运了？如果说不“吃苦”，“对生活的体验和感悟就会浅薄”，那出身于贵族之家和富裕环境里的托尔斯泰、屠格涅夫们的艺术成就是不是实在太浅薄了？如果青春就是一段非苦不吃的“吃苦期”，如果你的青春全是吃不完、嚼不烂的苦与辛，那你还要青春干吗？

因为，如果没有味觉错乱，并没有人愿意吃苦，也并没有一个苦尽甘来的成功在前方等着不断吃苦的你。你吃着苦卖着力想着一个甜蜜的未来走上前去，却只不过换得一个继续吃苦卖力走回来的可能，然后，人生牛马一般地结束了。更何况，即使你辛苦历尽后获得了所谓的物质“成功”，却发现那里面并没有你真正想要的幸福。

“如果你为人生画出了一条很浅的吃苦底线，就请不要妄图跨越深邃的幸福极限。”豪气干云的马云可能认为，苦有多深，幸福就有多深。但我们都知道的事实却是，一个在矿井里挖煤的、一个在脚手架上背砖头的少年民工即使苦成深渊万丈，也不一定能幸福地照耀到一米阳光。将吃苦的深浅与幸福的厚薄绑到一起的人生设计，不禁让人想到几十年前，有人认为只有在粪坑前津津有味地吃忆苦饭才能表达出信仰的忠诚。但苦饭吃得再香，思念的甜蜜也不一定能够到来，因为生活不是一根甘蔗，因为苦里，本来就没有甜。

就像《诗经》里一个惶惶不可终日的青年，他在自己吃糠咽菜的后青春生活里，完全就吃不出青春时代锦衣玉食的幸福感，相反，他觉得青春时代的幸福与甜蜜，实在是太短，短得就像一个不真实的梦幻。

2

这个没落至于尘埃的贵族青年，再一次饿醒在秦国星月满天的夜晚。苍穹像一个铁色的盘子，盛满闪闪发光的珍馐，多像青春年少岁月，自己每天享用不完的山珍海味啊。

但如今，铜镜里那个蓬头垢面、骨瘦如柴、满脸晦气的人还是我吗？当年的那个高车驷马、田猎游弋、狂歌纵酒、志得意满的我究竟哪里去了？

你们不知道，当年的我呀，生于钟鼎玉食之家，过于伟大的父祖，为我留下了光荣的爵禄与家族尊贵的徽章。我在自己的长满禾稼的田庄里纵马，一个上午也跑不到尽头。我的侍女与僮仆多得像我湖里的鱼群，我谷屯里的米粮、宝库中的金玉、马厩中的良驹多得真像此刻数也数不完的星星啊。而我的豪宅别墅中的屋檐连在一起就像日出时分东天的云彩，广大而辉煌。

那个时代的我有无数尊贵而富有的朋友，连国君的儿子与女儿们也时常到我的庄园里饮酒作乐。而更多的时候，我们一同锦衣狐裘驾车出游，到终南山里寻梅饮酒。或者就驾起我那四匹毛色铁黑的骏马，拉起六根丝质的马缰，呼朋引伴，一起到北园打猎。生活不值得忧虑，青春满满都是欢乐，我享受我的日子，就像暖风轻轻吹过春天。

但和游弋与田猎相比，我更喜欢的还是品尝美食。我其实是一个喜欢安静且略显笨拙的人，但我有钢快的牙齿和灵巧的舌头，以及过于丰富的味蕾。它们简直就是为咀嚼与品味而生的。口腹之欲，对我来说绝不是一种简单的满足，而简直就是生活里最大的意义。我把最好的时间和精力，用于阔大的餐桌。我的那些朋友们都说，我的餐桌比一座房子还大，我的胃口比我的餐桌还大。那也并不是夸张，丰盛、热闹，多姿多彩、活色生香，是我对食物的追求。哪一顿饭，我与宾客们不吃掉一千个平民一年的口粮啊？哪一顿饭，我不吃掉四大盆最上乘的佳肴啊？比如那盆最不起眼的乳猪，你别看它肉乎乎的朴素而简单，事实上，这只小猪从一出生就是用人奶饲大的，而烹煮它时用的十遍汤水，也全是新鲜的人奶，为点缀它的味道而添加的佐料，你们今天的人想都想不到。一整个世界的精华，都来伺候我的这盘菜，一整个世界的好菜，都来侍奉我享乐的嘴。

但今天这是怎么了，我的嘴去哪儿了？我的乳猪去哪儿了？我的餐桌去哪儿了？我的庄田、湖山、僮仆、骏马、豪宅与美女们都去哪儿了？那些当初一起歌舞狂饮的友人，也一夜之间不见了踪影，就像一阵刮过了海棠花丛的风。甚至有一天，我在街上乞讨，见到一个我当年兄弟的车马，但不等我走上前去，他的恶仆就放出一群猛犬，追着我的脚后跟咬。我当然不会怕那些虚张声势的恶狗，但我还是跑啊跑，我跑到了我现在栖身的草窝里。我没脸见人，我只能回到这四面透风的柴草棚里，这是我现在的家。

透过草屋稀稀疏疏的顶棚，我看到一只空碗似的月亮。每一颗星星都像一块闪着油光的鲜肉，但已经没有一双足够长的筷子，让我把它们夹到月亮的玉碗里。肠鸣一阵阵提醒着我饥饿在到来，而四面的寒风更使饥饿的感觉分外清醒。我已经不记得我上一顿饭吃的是什么，那还是两天以前的清晨，一位过路的妇女遗给我半碗谷糜。

其实，这个从自己的黑陶罐里倾倒谷糜在我空碗里的跛足妇人，是我家当年一个最不起眼的侍女。当年，我甚至只因她劝酒不力便命人打折了她的腿。唉，当年，我为什么就不能善待这些身边人呢？为什么非要恣意踩踏那些无辜的灵魂？

唉，当年，我的父亲临死前对我说：权，也就是秤砣，是用来衡量生活的斤斤两两的，只有知道了轻与重，你才能够开始试着去掂量生活的分量；舆，就是马车的底板，是承载与驾驭生活、追逐幸福与快乐的基础。权与舆，就像人的初心啊，有了这个初心，你才装得下整个世界。善待这个初心，且有始有终给予保养，好生活才能继续。而我在自己的整个青春岁月，既没有学会掂量生活的轻重，也没有将那些值得珍重的人与事装入我的内心，为了填满一张嘴，我丢失了全世界。

我现在才终于懂得，其实没有什么庞然大物与冠冕堂皇是可靠的，我忠心侍奉的国君不可靠，他仅仅因为我反对用国家的勇士去陪葬，便剥夺了我所有的爵禄与财产，甚至废弃我贵族的身份将我驱赶进庶人的队列。那些山盟海誓的朋友与情人不可靠，那些爵禄、财富以及贵族的身份不可靠，它们甚至还不如一件衣服，不如一个跛足的侍女，不如一碗粥糜，能在此刻给我以些许的安慰。

3

这个没落的青年在穷困潦倒中回望青春，哀叹再也不能像从前那般悠游岁月，纵情享乐。他将青春的没落归之于没有继承父辈的人生经验，没有善待初始之心。这不能说没有道理，但也并不全部正确。

其实，这仍然是一个青春该不该吃苦的问题。或者说，是一个青春究竟该去干吗的问题，归根结底，是一个什么才是“青春好生活”的问题。

那究竟什么才是“青春好生活”？是饱食终日、无所事事、逛淘宝、玩网游的生活呢？还是食之不饱、时刻为下一餐提心吊胆而去奋勇吃苦的生活呢？

事实上，这两种生活可能都不是好的生活。但这个问题又有些复杂，因为对一个喜欢饱食终日的人来说，食之不饱就是坏生活。

而对那些厌恶饱食终日而期待天堂来生的人而言，食之不饱、禁欲苦行反倒是一种充实而可期的幸福。

但，我想，如果生命能够重来一次，如果青春能够梅开二度，那个秦国青年还是会毫不犹豫按照原来的生活方式，在纵情享乐中把青春再来一遍。因为人性就是这样，在能够轻松享乐的时候，享乐就是“青春好生活”，没有人在这个时候愿意去负重吃苦，没有人愿意去禁欲苦行。为了一个笃信的来世而约束现世的自我欲望，那是宗教的情感。而平凡的人世生活，是与之相反的。

所以，不必像一个神父那样去教导青春必须吃苦，并将不愿吃苦的青春送上泛宗教的末日审判台与火刑柱。因为你难以像上帝那样许青年一个成功的未来。更不必问，“成功”究竟有什么用。一个人在自造的苦海里拼尽了青春，以禁欲苦行之身牺牲了一切恋爱与玩乐，攒出了所谓的仕途、商途“成功”，然后他便像一条拴久了饿得两眼发绿的狗一样开始以暮年之身去报复式地放纵，去拼命地玩乐，去恋爱，去“私奔”，去贪腐，然后锒铛入狱，身败名裂。这样的人生就很幸福吗？就很值得期待吗？

一个东方故事里，年轻的乞丐躺在春天的草地上美美地晒太阳，一个富人走过来教训他说你怎么能浪费大好的时光去晒太阳呢？乞丐反驳说：“这么好的太阳我不晒，你说我该去干什么呢？”富人说：“你该去吃吃苦，种种田，做做工啊！种好了田，做好了工，你就可能像我一样有钱了！”乞丐好奇地说：“像你一样有钱又能怎样呢?”富人说:“然后你就可以在春天里躺着晒太阳了啊!”乞丐翻了翻身,十分轻蔑地说:“走开吧,我现在就可以躺在春天里晒太阳啊。”

这个故事的西方版本是:当占有了大半个世界土地与财富的亚历山大慕名来寻访居住在一个木桶里的隐士第欧根尼,并问他以自己的权势与财富能为他做些什么的时候,第欧根尼却说:“赶紧让开,你挡住了我的阳光。”

也许对第欧根尼这样的犬儒主义者来说,财富与权势,反倒是一种毁灭人的坏东西。生活,只需要白天的阳光,以及一盏夜里可以提在手里的灯笼就够了。连那盏灯笼,也不是为了给自己照亮,而是用来照照别人的脸,以发现真正够得上“诚实”的人。

所以,青春真的不必刻意去必须做什么,尤其是不必为了所谓的“成功”去自找苦吃。谨记:只有那些无欢乐可言的人,以及那些不想让人欢乐的人,才为痛苦大唱赞歌。所以,青春平等,让想吃苦的去吃苦,让想恋爱的去恋爱,并各自去为自己的未来负责吧。

关键是,你想要什么样的生活?你有着怎样的青春初心?当你能够在春日的清晨躺在床上谛听十分钟的鸟鸣并从中感受到发自内心的幸福,就请在被窝中任性这十分钟吧!即使十分钟之后,你便被某个名单除名,那也并没有什么要紧的。

只是因为,那鸟鸣里的十分钟,也许正是你此生的唯一时刻。而人生还有很多张名单,在等着你姗姗前去的名字。

让深情的青春开花结果

隰(xí)有苌(cháng)楚，猗(ē)傩其枝。
夭之沃沃，乐子之无知。

隰有苌楚，猗傩其华。
夭之沃沃，乐子之无家。

隰有苌楚，猗傩其实。
夭之沃沃，乐子之无室。

——《诗经·桧风·隰有苌楚》

1

曾经很奇怪，为什么古典小说里的热闹事总是发生在正月十五灯会上，后来才百思得其一解，原来这一夜总有小青年上街来寻芳猎艳。在这个经典桥段里，总有一个平时不出深闺的美丽少女在人山人海之中举目观灯，这时便有一群恶少上前巧言搭讪。搭讪程度拿捏不好，就容易引发严重事件，但见泼辣辣横空杀出一个打抱不平的秦叔宝，这就容易猎艳不着反丢了卿卿性命。遂感叹，古时少年着实不易。

你想，那时代动则施行宵禁，城门口悬着曹操留下的五色杀威棒，没事晚上谁也不敢出来。城坊井然，夜则闭市，公共夜生活是不存在的，任你家资万贯也只能憋在家里胡思乱想。一年到头，就只有元宵节三天全民狂欢假可供青春锦衣夜行，于万盏灯下寻那玉人芳踪。一个渴望着邂逅女孩儿的少年郎，青春的荷尔蒙得憋到一定浓度，才能憋足这一整年，才能等到少女们结伴出来观灯的好时候。他需要跑到灯节里的人群中寻寻觅觅，才有可能在蓦然回首时发现那人儿恰在灯火阑珊处。要是错过了这个难得的解禁日，就得更费些力气，比如冒险翻过丈二粉墙，才能找到女孩儿点灯的西厢，这是多么不易。

而在我们这个时代，这种艰难困苦似乎并不存在。青春的荷尔蒙很容易就能释放在夜生活的空气里。

我们的时代就是这样便利，便利到一根网线和一个路由器就是一个虚拟而具体的花花世界，便利到一个少年趴在枕上就能轻松邂逅千万里之外丛生的青春之美。但随着邂逅难度的降低，青春荷尔蒙的浓度被迅速地稀释了。一颗青春之心对另一颗青春之心的注意力被转移了，其感受与爱慕的能力也一蹶不振地退化了。再也没有一个人，对他而言是唯一而不可替代的。因为他马上可以通过网络社交寻找到既虚拟又绝对近在眼前的香艳替代物。

从此后，一个少年在现实的道路上遇到一个心仪的陌生少女，再也难以像古时那样因其未嫁而欢天喜地，因其已嫁而如丧考妣。因为嫁与未嫁都已不是一个值得关注的问题，因为那个少女无论嫁与未嫁，都只不过形同网线之后一个虚拟的幻象。于是我们这时代再也出产不了张生的西厢记，出产不了宁采臣的倩女幽魂。因为，莺莺与小倩们已化作午夜的网络画皮，让青春疲乏得眼花缭乱。

而在“诗经时代”，一个少女的嫁与未嫁，对心仪她的少年是一个绝对焦灼并类同于是生还是死的问题。或者说，这是他青春唯一的问题。因为，她对于他，就像一朵唯一的花之于春天，美得天荒地老，无可替代。

你看那个辗转于逃亡途中的桧国少年，面对人群里的一个少女，那么深情，又那么绝望。

2

他最后一次在这条长满猕猴桃树的山路上遇到她的时候，桧国已近于灭亡了。郑武公的兵车已从东南方越过崇山峻岭直袭桧国的都城。耳力聪敏的年轻人伏在地上，已经可以听到铁轮叩地的辚辚之声。

郑人图谋灭桧，狼子野心已经很多年了。他们看准桧君的贪婪，源源不断地向其输送宝货器玩、歌僮美女。可怜桧君，这个自以为拥有山川之险便有恃无恐的昏主，大梦醒来才发现自己正陷于郑人的四面包围之中。而派出向周天子申诉并求援的使者竟也久久没有回音，恐惧与绝望霎时间笼罩了这片山谷间的土地。

可怜桧国的公族以及大量的平民，就这样颠沛流离踏上了出逃之路。在这条崎岖且泥泞的山道上，公族队列里的少年，又一次见到了难民群里的她。这次仓皇的相遇，与春天时的邂逅是多么不同啊。

春天时，没有泥泞，阳光照耀的山坡上生满茵茵芳草，山间的道路也不像此刻这般崎岖。他驾着华丽的车马，带着僮仆出城来此游春。在山路下的水边缓坡上，大片大片的猕猴桃林舒展着柔嫩的绿枝。那些茂密的枝条像刚刚被温馨的春风唤醒的少女，正从枝头吐出一丛一丛的嫩叶。他隔着这些婆娑翻舞的叶子忽然看见从远处的小道上迤逦而来的她。

随着一阵黄莺鸟的叫声，她从猕猴桃林中款款走出。她全身笼罩在千万缕金黄色的阳光里暂时看不清楚面容，但臂弯里挽着的那只柳条篮筐的经纬却清晰可见。应该是刚刚采桑归来吧，她的裙角还沾惹着清晨的露水和草叶，那显然是踩着湿湿的草丛走过了长长的桑林小道吧。等她一步一步走来的时间真慢啊，当她终于走近，向着马车上的少年扭脸一瞥时，少年便感觉眼前明晃晃地一亮。

这少女被自然雕琢的面孔实在太美，她洁白的脸颊映射着一种露水的晶莹与脆弱，在一扭脸之间像道圆润的光弧在少年的凝视中一闪即逝。但她弯弯的大眼睛里闪烁的热烈妩媚的光却不断映照在少年的脑海中。还有她秀美小巧的鼻子透着的调皮与淡淡骄傲，使人不禁想起树林中跳跃的梅花小鹿，而那丰实而闪光的嘴唇以及嘴角轻轻绽开的一笑，让少年想到蝴蝶在花蕊上展翅。尤其是她衣裙下刚刚长成的身体，像猕猴桃林里最美的那棵幼树，甜美、丰茂、娇嫩、挺拔，好像有一整条叮咚的溪水正在她的骨骼与血肉之间潺潺流动。

真是美啊，美得他从未见过，她与那些都城里华丽而慵倦的公族女子是多么不同啊。少年想，如果让我自由选择今生的伴侣，我一定会选中这个猕猴桃林里随同阳光一起走出来的姑娘。但愿这个天下，还没有可以与她匹配的爱人。

就这样匆匆而过的邂逅，竟使得少年神魂颠倒。在接下来的那些春夜里，他辗转反侧，寤寐思服，连梦魂中也都是那少女的倩影。睡眠不良使他迅速地消瘦，父母以为他身惹时疫，禁止他私自出门，后来听仆人说他竟与下贱的平民女子有染，便更加森严门禁。因为身为公族，他的婚姻是由不得他自己做主的。

夏天就这样在少年的日思夜想中慢慢到来。他足不能出户，但也能感觉得到日光越来越长，天气越来越热。终于有一天，他买通送饭的仆人，悄悄溜出了家门。他驾车飞奔过田野与溪流，一直奔跑到春天里邂逅她的那片猕猴桃林外。那是近于黄昏的时分，夕阳斜照中，猕猴桃林大片大片的乳白色花朵散射出令人迷醉的幽香，有三两只晚归的蜂虫在嗡嗡地飞，但四野无人，他看不到她的影子。

他等啊等啊，等得太阳都快要陷落进那片血红色的山峦之后了。这时，他听到了窸窸窣窣的脚步声。那脚步声使他大大地惊惧。他既希望是她真的来了，又怕那来的人不是她。于是他赶紧躲到了草丛中悄悄地窥视。

那从树林间小道上走来的女子果然就是她！一个春天不见，沐浴在夕阳里的她显得更加灿烂。她走过猕猴桃花树下时，禁不住仰起脸来收缩鼻翼满满地吸着晚风送来的花香，禁不住摇摆起提篮的身体在树下打了几个曼妙的回旋。树后的少年感觉自己的心在怦怦地跳，他觉得此刻花树下闻香的少女简直比花树更美。但他不敢就这样跳出来，当路拦住她，向她大声表达自己的思念。不，不能这样，那会吓坏她，会让她以为自己遇到了剪径的强人。

那就目送她款款远去，一直远到夕阳深处。姑娘啊，美丽的可人儿，但愿你还没有出嫁，因为这个天下，有我这样的一个人在日夜想念着你。

人世间，总是这般造化弄人。少年对少女的爱还没来得及说出口，他的国便近于亡了。那个匆匆出奔的夜晚，父亲从君主的深宫匆匆回来，下令全家立即出城。他们这些公族不能全都与城池同归于尽，其中最优秀的人要作为桧国的苗裔，逃奔远方，重择热土，再立家国。

于是他随家人一起出奔。在逃亡途中，他才第一次发现贵族与平民之间的区别竟然如此巨大。即使在逃亡中，贵族们也走在平民的上方。就像此刻，那些平民的队列正在贵族车马通行的山道下的湿地里缓缓蠕动。此刻已是秋天，湿地近旁的那片猕猴桃林已挂出密密实实的果子。看见那些梨形的果子上细密柔软的绒毛时，少年的心突然一阵阵刺痛起来。他突然想起了自己的那个少女，其实自从夏日黄昏后的目送之后，他便一直在想念着她。但突然而来的家国剧变，竟然使他短暂地忘记了她。此刻，她在哪里呢？身为平民，她可有自己的逃难之地？

他不禁停下车来，急匆匆地奔到猕猴桃林中，用目光在逃难的平民中寻找。扶老携幼的难民一团团地蠕动着，像遭到了伤害时笨拙地逃跑的虫子。那里面没有她。少年难过起来，他仰起脸，才能不让泪水落在路人的眼前。然后，他看到了十月清晨中挂在枝头的猕猴桃。这些硕大而好看的桃子一颗一颗安稳地排列在枝丫上，不惊不惧，只管吸收着秋日初升的阳光。少年不禁一颗接一颗地看过去，从那些桃子身上，他突然感到了人不如果。

这时，少年游移在猕猴桃上的目光突然看到了一只采撷的手，那只手指细润而洁白的手，正从一只抬高的衣袖中伸出。那宽宽的衣袖在晨风中摇摆，拂拭着一张仰向枝头的脸。

多么熟悉！多么亲切！那不正是自己想念的少女么！

少女孤身一人，简单的行囊放在树下，她正踮起脚趾从衣袖里伸出长长的手臂去摘一颗枝头的桃子。显然是奔行饥饿了，她倾侧着的身体有些摇摇欲坠，但那在阳光中仰向枝头的脸、那伸展着的腰身仍然像春夏初见时那么好看。但她为什么竟是孤身一人呢？

哦，姑娘，这样最好，但愿你依然没有嫁给别人，在这条逃亡的路上，我一定和你并肩同行并大胆向你表白。我再也不像以前那样与你失之交臂。

因我知道，如若再次错失，我将不会再有第四次在这条路上遇到你。

因为命运，只让彼此有缘的人一生相遇三次，就像这些猕猴桃树，一生只美三次：抽枝，开花，结果。

3

其实现实的人生，远比诗里的人生更难，更复杂，比如它大概不会给出三次机会让你与同一个美丽女子迎面相遇，更不会让一个你心仪的少女三次以未嫁之身出现在你眼前。

如果那个美丽的人儿已经出现在你面前超过两次，就请抓住她，一刻也别犹豫。

但如果你像我们这个时代里已被网络画皮稀释了情感浓度的少年那样，觉得再美丽的少女也不过是一个网络后的幻象，如果你觉得深情早已不值得期待，那也随你任性。让深情的人去专一，让滥情的人去执迷吧。生活不会因此更好，但也绝不至于更坏。

但生活本身是一棵树，深情专一的人会开花结果，而其余的那些，只会一树黄叶随风飘零。

一只蟋蟀的十种想象

蟋蟀在堂，岁聿其莫。
今我不乐，日月其除。
无已大(tài)康，职思其居。
好乐无荒，良士瞿瞿(jù)。

——《诗经·唐风·蟋蟀》(首章)

1

有人说，我们的一生就快要浓缩成一个二维码被刻在未来的墓碑上了。如果有人怀念你，就掏出手机扫一扫，一生的故事便会跳出来——你爱过谁，恨过谁，还牵挂着谁。

简称扫墓。

当人生浓缩成一个没有深浅的二维码，你青春的温度在哪里？你时间分分秒秒的刻度在哪里？你快乐与悲伤的细节又在哪里？

手机里新信息到来时的提示音又像一只古典的蟋蟀那样吱吱叫了。你即将耗尽流量的青春正骑在一个分水岭上，东张西望，等待续费。你是快乐呢，还是不快乐呢？

但无论你快不快乐，时间都在你的手机屏幕上一闪，消逝了。

手机正像掌纹一样长在你的手心，手机又像一个黑洞吞噬着你的时间之光。手机吱吱叫着，像一只古典的蟋蟀。

2

蟋蟀是一种小虫子，喜欢在秋天的深处热热闹闹地鸣叫。

从白露到寒露，是蟋蟀使用它们生命流量的有效期。霜降一过，蟋蟀就像一只用尽预付套餐的报停手机，和它们的吱吱声一起绝迹了。

蟋蟀是一种生命期极短的小虫子，短到一滴露水从白到寒。它好像是从二十四节气里两滴露水的缝隙间掉出来的，它好像天生就是来提醒你譬如朝露，去日苦多。而暖时光的漏壶已经空了，寒霜就要落下，生命即将结束喧哗，躲进冬眠的壳子里昏睡。

蟋蟀用叫声在人的耳朵里擦时间的火柴。一亮一亮，提醒你火花是短暂的，时间是易逝的。昏昏欲睡的你该赶紧蹦起来拖住时间闪烁的尾巴。

3

蟋蟀的叫声总是忙忙碌碌，总是急急促促，吱吱吱吱，吱吱吱吱，它不停地在暗处咀嚼时间，经过的每一秒，它都毫不浪费地留下几处用力过猛的齿痕。

许是生命太过短暂，以致它必须以一当十，必须如此密集地用前翅摩擦着时间发出欢叫，必须如此急促地挥舞自己翅脉上的刮刀，在生命的石头上留下自己存在的印痕。

急促的吱吱，是蟋蟀对人世的一种唤醒，一种催促。姑娘，醒一醒，你该上机织布了。书生，醒一醒，你该挑灯读书了。

时间旅程中途的客官，醒一醒，该起程赶路了。

4

蟋蟀有很多不同的名字。

比如“王孙”。

这是因为有人说王孙公子是蟋蟀的前世。那些一生享受荣华富贵的青年死后不甘寂寞，于是发出了吱吱鸣叫，好像他们奢望重回人世，把青春年华再来一遍。

比如“促织”。

这是因为有人说，蟋蟀是一个勤劳的妇人的来生。它吱吱地叫着，是催唤那些好吃懒做的妇女赶紧上机织布。所以幽州人都说：“促织鸣，懒妇惊。”其实何止懒妇，一切慵堕的心灵都在蟋蟀的叫声中心惊肉跳。就像女清洁工凌晨沙沙的扫地声，总使刚玩乐归来又良知未泯的青年心生惭愧。

比如“蛐蛐儿”。

这是因为在富贵少年们看来，蟋蟀是无比欢乐的，它简直就是一只夜欢虫，总是在寂寥的秋夜不甘寂寞地寻欢作乐，唱出惹人凡思的小曲儿，使人忍不住就心襟摇荡，急匆匆奔向温柔乡。

比如“寒蛩”。

这是因为蟋蟀是时光特别订制的温度计。它天生对天地经行的温度保持极度的敏感。必须在七月流火之后，必须在白露为霜之前，必须在一缕轻寒刚刚露头又不至于霜冻的那一个夹缝中，它才发声。它一发声，暖时光的好脸色就快到头了。它一闭嘴，时光就露出冰冻的冷脸。所以它的叫声让人听起来心里凉凉的，总是不禁冒出“时间都去哪儿了”的忧郁感，以及“我是否该去干些什么了”的急迫感。

再比如“蛲蛚”。

这很可能是因为，蟋蟀是羞涩而隐秘的，它的存在就像严丝合缝的墙壁突然裂开了一道缝隙，就像你自以为安全如意的生活突然崩开一道细纹，有个声音突然跳出来警醒你，人生的冬天快来了，你还继续在时间里荒唐么?

蟋蟀有很多种名字。不同身份、不同境遇的人按照自己的心灵图景给它以不同的命名。

但蟋蟀其实生来单纯，它是怦怦怦跳得急促的时间之心。

5

蟋蟀是昆虫世界里的宅男。孤僻，忧郁，性喜昼伏夜出，自弹自唱。

如果我们能够走进蟋蟀的世界，会发现我们平常所看到的蟋蟀都是雄性的。也只有雄性的蟋蟀才会发出人类熟知的吱吱鸣叫。它是唱给它不会歌唱只会倾听的异性听的。那些哑巴少女一样的雌性蟋蟀为了听到异性的喊声，才专门长出了一对特别的耳鼓。

每一只蟋蟀的鸣叫声都是完全不同的。它能在自己异性的鼓膜上，敲出唯独属于自己的频率和节奏。就像那些富有才华却不喜欢出门的宅男，多聊得一手好微信。

但雄蟋蟀又是如此的怪异。它就像一个年轻的清教主义者，奉行单身主义，独来独往，极不合群，尤其是厌恶群居。它不社交，甚至连两性共同生活都嫌烦琐。它住自己的单间，如果你有兴趣翻开墙壁，找到它秘密的洞穴，会发现真的是一穴一虫。昆虫学里说，只有在极其短暂的恋爱发情期，蟋蟀才会邀请被它歌声所打动的那只异性，前来同居，然后送怀孕的爱人回到自己的房间，生儿育女。

作为一只雄蟋蟀，它太看重自己的空间，自己弹唱的事业。它的欢乐与孤独都属于它自己。那是它短暂一生里唯一重视的财富。

它不停地弹着自己的木吉他，唱自己谱写的老歌，而只是极其短暂地恋爱与欢乐。

它就像一个打进黑暗阵营内部的地下工作者，短暂的一生看起来总在寻欢作乐，但事实上却把绝大部分的时间，用来敲出永不消逝的电波，以吱吱吱吱的密码送出情报，提醒墙外的人类，时间的敌人翻脸无情，趁天色还好，应该赶紧完成所有正义的事业。

6

蟋蟀是一种只有青春期的小虫，它似乎一出生就跳进了生命的繁华期。

蟋蟀几乎没有童年，一脱出母腹，它就成年，就溜进自己隐秘的单间，开始数着自己飞逝的岁月，急匆匆向外发出青春的密码。

蟋蟀绝对没有晚年。它不能忍受自己无法弹唱的寂寞，不能忍受后青春的寒凉。以致霜一落地，它就闭口。一闭口，就甘心情愿自绝于孤独。

富有血性、志气与极度的自尊，敢于我行我素，不管不顾。这小虫子，就像青春早熟又耻于衰老的少年，只愿把时间留在最美好、最旺盛、最能一跃而起的一刻。

或者说，蟋蟀就是青春本身。

7

蟋蟀绝非那种只会用叫声与时间调情的小虫，它还是青春世界里勇猛的斗士。

后腿长而强健，善于跳跃奔突；头硬胸宽，敢于横冲直撞；牙尖嘴利，精于撕咬之术。它本领非凡，惯于恶战，且一旦投入便永不服输，它总是乐于做第一。

虽然富有勇力，但它本是安静而羞涩的，不惹人，也不欺人，但一旦遭遇挑衅，一旦被侵犯围殴，它即刻就不是原来的它自己了。单刀赴会，虽千万人吾往矣，冲锋陷阵，万马军中取上将首级易如反掌。故，人又称它无敌神威大将军，一身值万金。

但其实，它只是一只性喜独处的青春小虫，性格乖僻，脾气不好，只喜欢守住自己的时光与小房间，不许陌生人敲门。

8

蟋蟀用生命履行青春的战斗。用战斗捍卫青春的尊严与价值。

而斗蛐蛐的纨绔少年围着瓦罐荒废年华。

战斗的蟋蟀用头破血流和残肢断腿嘲笑那些虚掷青春的人类。

看不起他们！它一生气，就喜欢在瓦罐壁上撞死。

9

也有一只蟋蟀，隐伏在古老的《诗经》里，用一声紧似一声的吱吱吱吱，让一个即将结束青春期的唐地青年心思烦乱。

这是那一年的深秋九月，天尚未彻底凉下来，但寒风已经从汾水上吹来。过了这个暖气略存的月份，天霜一降马上就要入冬了，一年就要步入尾声。一想到这大半年里一事无成，一想到青春在虚度时光中滑向衰老，这个青年就很不快乐。

这时蟋蟀在堂下叫了起来。原来已经入夜。这些蟋蟀真是知寒暖啊，前几天它们还在庭院的草丛里夜鸣，如今就已登堂入室了。听起来，堂里的一角有一只，窗下也有一只，好像我正躺着的床底也有一只。

这几只蟋蟀并不合唱，它们各唱各的，但听起来都像是在向我诉说时间的流逝，好像都是在一声一声催促与谴责。

但这些蟋蟀的叫声听起来好像又很是快乐，像我酒宴中间弹琴吹笙的时候。那我此时为什么就不快乐呢？我寻欢作乐的那些时间如今都去哪儿了呢？是不是我已经在游冶玩乐中荒废了生命呢？是不是我在呼朋引伴、灯红酒绿之间迷失了自我呢？是不是我因耽于那些浅薄的快乐而忽略了自己本该担负的职守呢？

是啊，青春不该虚度，适度的欢乐是可以的，但过度的逸乐将消磨志向荒废生命，连床下的蟋蟀都来嘲讽我了。

或许，我该向我父兄那样的贤人学习，他们既把最好的精力和最多的时间投注在修身齐家治国平天下的大事业中，又能及时用适度的高雅娱乐给生命以滋润。他们始终那么神采奕奕，始终那么自信与欢乐，就像这些歌唱中的蟋蟀。

那么从明天早晨起，我将用双手劳动，劈柴喂马，慰藉心灵。

10

青春生来就是让人快乐的。因为如果连青春都不能尽情欢乐，你还能期待后青春的生命里有什么惊喜。

但青春又不能成为一张被快乐所透支的信用卡。因为人生悲喜是一个守恒的常量，如何在发现欢乐与积蓄能量之间找到平衡，是青春必须解答的一道难题。

没有人能给你正确的答案，也没有一劳永逸的捷径。但那只隐伏在青春深处的蟋蟀会随时给你吱吱吱吱的有益提示。

其实养一只隐形的蟋蟀在青春的口袋里是一件非常幸福的事。当头脑一热的你过度沉溺在欢乐场时，它就会一跃而起弹响自己的木吉他，用一连串颤音，引你警觉——快快拉回偏失的心弦。

跋：十五阵风里的青春之诗

少年时，总觉《诗经》麻烦，无非一群男女在其中咿咿呀呀。后来学诗，爱的也是恶之花与马拉美，与《诗经》的约会，还要推迟到多年之后的春天。

桃花早开燕子未回的初春，为了给一个将生的婴儿取个生趣盎然的小名，我第一次把《诗经》当成一本抒情大辞典来读。一读便吓一跳，被诗行里蹦出的青春之气惊得目瞪口呆。

诗三百，思无邪，大概是孔子老先生一厢情愿。其实，里面尽是青春的呼啸，以及后青春的叹息。其实，所谓思无邪，绝非苍白的纯洁，而是浓艳的坦露。我们"诗经时代"里道德感尚未成型的先人，既不掩藏青春血气方刚的正能量，也不遮掩因欲望而使坏的负能量，而是让这正负电极一起在浓郁的青春抒情里吸引、碰撞并打着滚儿喷薄。

我被这迎面而来的青春之气击倒了，而青春的绿皮火车正从《诗经》中摇摆穿越而来，它吐着白气儿，它咔哒有声，它停靠在北方所有的河边上、小山下，盛装的男女和牛羊鸡鸭一起走下时间的车厢，蘸着阳光的水粉，自己把自己画成生活本然的图景。

在《诗经》里听鸠鸣，看雁行，捞荇菜，天气便渐渐暖起来了。那唇齿之间的暖意，犹如《诗经》里鲜活的叫喊与灵魂的咏唱，都带有青春的烈火，以及余温犹在的灰烬。那种相思的辗转反侧，那种带露夜逃的反抗与诅咒，那种因沉湎而失足的叹惋，都是随青春的骨骼与血液而生的。

青春，是最美年华与最美宇宙的相遇，它本身便是诗。而《诗经》，是青春悬挂在北方十五阵风里的灵魂。青春在诗的喉咙里，生成了对生命快乐的赞美与意志的企盼。

看啊，那些被智慧之火点燃过的青春才子，正在为束缚之苦与挣脱束缚之乐而恣意歌唱。青春在生活的裙子里发现美，并在追求美和价值实现的过程中发现自我的局限。看啊，那些在青春里酣睡做梦、在水边照影并远望的少年郎，正为遥远的美且歌且叹。

青春，美而晶莹，但也脆弱，如那消逝于山间的朝露，如那开时灼灼败时凋敝的桃花，最大的恐惧，是老去。

我听到了青春悄悄滑落并崩裂的声音，听到了来自青梅内核里的恐惧。

青春最原始、最完美的标本都在《诗经》里。那淇水岸边绿竹般的少年，那黄河水畔巧笑的倩女，就在你一翻书的刹那，跳出了青春的电光火石。喜气洋洋或者忧伤悲慨，都无妨。总之，在春天里读《诗经》，你就又坐回到青春的那把椅子上。